KB138749

사르비아 총서 · 413

환경 에세이

병든 바다 병든 지구

김지하(외)

범우사

국립중앙도서관 출판시도서목록(CIP)

(환경에세이)병든바다 병든지구 / 김지하 외 지음. -- 파
주 : 범우사, 2005
p. ; cm. -- (사르비아 총서 ; 413)

ISBN 89-08-03327-0 04810 : ₩6000
ISBN 89-08-03202-9(세트)

539.904-KDC4
363.7002-DDC21 CIP2005002044

차례

1 파란 하늘을 꿈꾸며

2 그리운 흙냄새

3 하나의 지구, 하나의 생명

고문대에 걸린 자연은 입을 열지 않는다.

성실한 질문에 대한 자연의 정직한 답은

'그렇다' 아니면 '아니다' 이다.

우리는 일반적으로 개체를 둘러싸고 있는 바깥 세계, 즉 생물이나 인간을 둘러싸고 직접 · 간접으로 영향을 주는 자연적 조건이나 사회적 상황을 '환경'이라 부른다. 환경은 더 폭넓은 시각에서 보면 물적 · 인적 환경 외에 인간의 언어나 예술, 의식, 행동에 영향을 주는 문화적인 것을 포함하고 있다.

그만큼 환경은 인간생활과 뗄래야 뗄 수 없는 관계를 갖고 있다. 그럼에도 불구하고 오늘날 지구는 각종 대기오염과 수질오염, 고체폐기물(쓰레기), 소음 · 진동, 토양 및 농작물 등의 오염으로 몸살을 앓고 있다. 물질문명의 이기와 풍요의 잔해로 우리의 대지는 신음하고 있는 것이다.

이처럼 기하급수적으로 늘어만 가고 있는 심각한 환경오염 속에서 지구는 차츰차츰 병들어, 머지않아 파멸할 위기에 놓여 있다.

인간 스스로가 자초한 '병든 바다, 병든 지구'는 이제 더 이상 인간을 지구상에 남아 있게 하지 않을지도 모른다.

"자연으로 돌아가라"는 자연 철학자의 말을 빌리지 않더라도 궁극에 이르러서는 자연으로 돌아갈 수밖에 없는 것이 인간이다. 아니, 인간뿐만 아니라 세상의 모든 이치가 그러할 것이다.

그러나 자연이 황폐해져 돌아갈 곳이 없는 인간 군상, 얼마나 처참하고 끔찍한 우리의 미래상인가!

환경에 대한 문제가 심각하게 대두되고 있는 요즘, 사회 각계 각층에서 환경에 관한 심포지엄을 열기도 하고, 대대적으로 '이 강산을 푸르게' 라는 캐치 프레이즈를 내걸고 '지구를 살리자' 는 운동을 벌이고 있다.

이에 '병든 바다, 병든 지구' 를 살리자는 의미에서 문인, 학자, 정치지도자 등 사회 저명인사들의 환경에 대한 단상들을 모아보았다.

환경에 대한 소재로 글을 썼으면서도 필자마다 자신들의 독특한 생활체험을 바탕으로 했기 때문에, 독자들은 이 에세이집을 통해 환경보전의 다양한 방법 등을 알 수 있어 흥미롭고 유익할 것이며, 환경보전에 대한 시각을 달리할 수 있을 것이다.

편집부

1
파란 하늘을 꿈꾸며

개구리 소리 벌레 소리

이오덕
아동문학가. 1925년 경북 청송 출생.
1971년 한국일보 신춘문예 수필 당선, 동아일보 신춘문예 동화 당선.
40여 년 동안 교직에 몸담음. 1986년부터 글쓰기 교육과 아동문학, 우리 말 연구에 전념.
수필집 : 《거꾸로 사는 재미》 외에 《시정신과 유희정신》《교육일기》《우리 글 바로 쓰기》 등.

달력을 쳐다보면 봄이 올 때가 지났는데도 차가운 바람의 기세가 조금도 꺾이지 않아 이제는 계절도 제대로 바뀌지 않으려나 보다 하고 실망이 계속되는 어느 날, 갑자기 봄이 한꺼번에 와버린 듯 포근한 날씨로 변한다. 그러면 사람들은 역시 봄은 속임 없이 찾아오는구나, 봄이 벌써부터 와서 짚가리 속 같은 데 숨어 있다가 이제 갑자기 얼굴을 나타내어서 우리가 속아 넘어갔구나 하고 생각하는 것인데, 이런 날 저녁때쯤 들길을 걸어가노라면 길 옆 논바닥에서 무슨 소리를 들을 수 있다. 아차, 개구리가 아닌가? 하고 귀를 기울이면 과연 틀림없는 그 소리다. 계절이 바뀐 것을 재빨리 알아차리고 맨 먼저 뛰어나온 몇 마리가 들려주는 정다운 소리인 것이다.

봄이 되어 땅 속에서 터져나오는 최초의 산 것의 소리, 그것을 듣고 사람들은 비로소, 겨울의 발악이 이제 다시 없을 것이라 마음을 놓고 들일을 시작하게 된다.

그러니까 할미꽃과 진달래꽃이 필 때 울기 시작하여 못자리를 만들 때부터 모내기를 할 때까지가 개구리 소리의 절정이 되는 것이다. 하루를 두고 말하면 산 그늘이 내릴 때 울기 시작하여 별이 하나 둘 나타날 때부터 밤 열한 시쯤까지 가장 많이 울고, 자정이 지나면 아주 소리가 약해져가지만 그래도 새벽 두세 시까지 여기저기 드물게 외마디 소리를 내다가 날이 새면 거의 들을 수 없게 된다.

봄날 저녁 무렵의 들길을 걸어본 사람은 누구나 개구리들의 그 사무치는 노래를 알고 있을 것이다. 맨 처음 그것은 한 마리의 선창으로 시작된다. 그 뒤를 이어 대여섯 마리의 소리가 들린다 싶으면 이내 온 들판에서 한꺼번에 터져나오는 것인데, 이리하여 겨우 몇 초 사이에 온 땅이 개구리들의 아우성 같은 노래로 덮이고 만다. 한 마리, 한 마리의 소리를 따로 들으면 '개굴개굴' 아니면 '객객' '왝 왝' 하는 극히 단조로운 소리에 지나지 않지만, 수천 수만의 소리가 한꺼번에 울리는 것이고 보면 그 소리들은 온통 한덩어리로 엉기고 뭉쳐져서 장엄한 울림이 되어 온 땅을 덮고 하늘로 넘쳐 먼 별나라에까지 사무쳐 오르는 것이다. 대체 이 지구 위에서 이토록 장엄한 합창이나 합주가 또 어디 있었던가! 길을 가는 사람은 그 소리에 정신을 빼앗기고, 그 울림에 휩싸여 둥둥 하늘로 올라가 시간도 공간도 초월한 그 어느 자리에서 꿈을 꾸는 심정이 된다. 까치도 뻐꾸기도 부엉이도 꾀꼬리도 두견도 맥을 못추고 그 소리에 잠기게 되고 온갖 곤충과 초목들이 개구리의 합창 속에 녹아들게 되는 것이다.

대체 이것들이 어쩌자고 이토록 애타게 울어대는 것일까? 초보적인 생물학의 지식은 그것이 암컷을 부르는 수컷의 울음 주머니에서 나는 소리라 하지만 그런 것이야 어떻든 좋다. 우리는 그 소리가 아무래도 어릴 때부터 느껴온 것같이 봄이 와서 온 땅의 새싹들이 터져나오고 피어날 때 소리칠 것 같은 그 숱한 초목들의 환성으로 듣는 것이다. 아니면 땅을 기어다니면서 짓밟히고 쫓기는 것들이 미친 듯 억울한 어떤 하소연을 하늘 향해 하고 있는 것이나 아닐까?

하루의 들일을 마치고 쇠먹이 풀짐을 지고 어둑어둑한 논두렁 길을 돌아오는 아버지의 지친 발길에 밟히는 그 소리, 재를 넘어 십릿 길 읍내 장에 고사리를 팔고 돌아오는 저녁 으스름 산모롱이 길에서 어머니의 광주리 속에 담겨오는 그 소리, 내일의 학교 일을 걱정하면서 저녁을 먹고 앉아 별을 쳐다보는 소년의 가슴을 울리는 그 소리……. 농촌에서의 어린 시절을 생각해보면 우리들은 모두 그 정다운 소리 속에서 자라났다. 우리들 영혼 가장 깊은 그 밑바닥에서 어떤 소리가 터져나올 수 있다면 그것은 꾀꼬리 소리도 부엉이 소리도 아니고, 앵무새나 카나리아는 더구나 아니고, 아무래도 저 개구리 소리 같은 것일 거라고 생각해본다. 단조롭고 순박하면서도 한데 모이면 커다란 울림으로 온 우주에 퍼지는 노래가 되는…….

개구리 소리가 좀 수그러질 때부터 들리기 시작하는 또 하나 다른 자연의 음악, 대지의 노래가 풀벌레 소리다.

벌레들은 봄에도 울기는 하지만 아무래도 무더위가 한풀 지나간 8월 중순부터라야 제 세상 만난 듯 운다. 그러니까 9월부터 10월까지가 그 울음이 가장 성한 때다.

이 무렵이 한 해 중에서 노을이 제일 아름다울 때인데, 벌레의 울음과 노을과 무슨 관계가 있는지 모른다. 아름다운 노을을 쳐다보고 우는 벌레 소리가 그렇게 아름다울 수밖에 없는 것일까?

숱하게 많은 벌레들, 그들은 모두 어떤 이름을 가지고 있을까? 어떤 것이 찌이—하고 길게 빼며 울다가 잠시 쉬고는 다시 또 그렇게 운다. 어떤 것은 수잇수잇—하고, 어떤 것은 찌르르—한다. 또르르르 똘똘 하는 것도 있다. 호르르르 하고, 은방울 흔들 듯 소리내는 것도 있다. 쪽쪽쪽 하는 소리를 일정한 사이를 두고 규칙적으로 내는 것은 꼭 손목시계 소리 같다. 그러나 도저히 그 소리들은 사람의 목청이나 글로 흉내낼 수 없다. 가만히 들어보면 은으로 만든 쟁반 위를 옥이

굴러간대도 결코 이렇게 고운 소리는 나지 않겠다 싶고, 아침 햇빛에 영롱한 이슬 방울들이 풀잎에서 굴러떨어질 때 날 것 같은 그런 소리도 있다. 이 땅 위에서 벌레 소리만큼 아름다운 소리가 또 있겠는가.

이런 맑고 고운 온갖 벌레들의 소리가 한꺼번에 울려오는 것이니 그 정경이란 이루 비할 데 없다. 노을이 쳐다보이는 저녁이나 별들이 총총한 밤에 풀밭에 앉아 있으면 온통 벌레 소리의 강물 속에 내가 잠겨 있는 듯한 기분이 된다. 하늘 나라의 음악을 듣고 싶거든 가을 밤 풀밭에 가 앉아보라고 하고 싶다.

벌레들은 어이하여 저토록 아름다운 소리를 낼 수 있는가? 땅바닥에서 짓밟히고 쫓기고 숨어 사는 그들이기에 그처럼 아름다운 소리를 낼 수 있는가? 그것은 아무래도 이 세상의 것이 아닌 별나라에서 오는 소리다. 밤마다 별나라의 전파를 타고 온 이슬을 마신 그들만이 소리낼 수 있는 별들의 음악이다.

인간이 만들어낸 어떤 악기 소리와도, 인간의 목청이 다듬어내는 어떤 소리의 기교와도 바꾸고 싶지 않은 것이 가을 밤에 듣는 벌레 소리다.

개구리 소리가 풀과 나무들이 싹트고 피어나는 성장의 즐거움을 노래하는 것이라고 한다면, 풀벌레 소리는 그 풀과 나무들의 결실의 기쁨과 이별의 슬픔을 노래하는 것이라 할 수 있다. 또한 개구리 소리가 땅에서 올라오는 부르짖음의 시詩라면, 풀벌레 소리는 생명의 아름다움을 노래하는 음악이라 할 것이다.

땅을 기어다니며 땅의 슬픔과 기쁨을 노래하는 시인인 개구리와 벌레들, 저녁놀과 별들과 풀잎들의 다정한 동무인 그들은 인간들에게 가장 값지고 귀한 노래를 들려주면서 다른 새들과 짐승들과 함께 인간들에게 박해를 당하고 있다. 이제는 개구리의 장엄한 합창도 벌레들의 노래의 강물도 옛 얘기가 되어가고 있다. 그들은 한 마리, 두 마리씩 떨어져 외로이 울 뿐이다. 언젠가 그들이 아주 멸종되어버린다고 할 때 인간은 그때 과연 어떤 상태로 땅 위에 남아 있을 수 있겠는가 생각해볼 일이다.

몽당연필과 쓰레기 동산

김우종
문학평론가 · 덕성여대 교수. 1930년 황해도 연백 출생 서울대학교 국문과 졸업 .
경희대학교 교수 역임. 월탄문학상 수상. 현재 한국문학평론가협회장, 한국미술가협회원.
저서 : 《한국현대소설사》《작가론》《비평문학론》(공저),
수필집 : 《아픔으로 크는 나무여》《내일도 우리가 사랑한다면》 외.

이대로 가다가는 머지않아서 거의 모든 자동차들은 그 자리에서 꼼짝 못하게 되고 말 것이다. 대부분의 길거리가 이미 자동차로 꽉 차서 빼도 박도 못할 지경이 되어가고 있으니까. 그뿐만 아니라 자동차는 날이 갈수록 대형화되어가고 있다. 그래서 길은 더욱 좁아터지게 된다.

이 같은 포만감과 비대증은 한국인의 신체 규모의 변화에서도 나타난다.

지금은 한국인들이 너무 살이 쪄서 고민이다. 그래서 살을 빼기 위해 온갖 수단을 다 쓴다. 에어로빅이 그래서 번창하고 온갖 살빼기 약들이 그래서 잘 팔린다. 그러나 그 같은 노력에도 불구하고 한국인의 비대화 현상은 막을 길이 없다.

이제 한국인은 몸집과 자동차가 다 함께 살찌기 작전에 박차를 가해가고 있는 현상이다.

돌이켜보면 정말 딱한 일이다. 기름 한 방울 나지 않는 나라인데 자동차는 길 전체를 완전 점령해가고 있고, 소형은 점점 중형화 대형화하고 있으며, 사람의 몸집은 50년대의 미군부대 뜨물통 꿀꿀이 죽 시대에서 3조 원어치를 먹다 버리는 풍요의 시대에 접어들며 너무 뚱뚱해진다.

불행했던 과거를 되돌아보게 하는 과거의 역사적 장면이 TV로 나올 때는 정말 웃기는 일이다. 헐벗고 굶주리던 시절의 헐벗음의 연출은 배우들이 누더기만 걸치면 되는 것인데 '굶주린' 표현은 되지 않는다. 너무 잘 먹어서 뚱뚱한 것을 감출 수가 없기 때문이다. 6 · 25드라마도 그렇고, 동학농민혁명에 관한 드라마도 그렇다. 예전의 상전들보다도 잘 먹고 잘 살아서 비대한 사람들이 모두 굶주리는 사람의 역할을 하는 것이다. 아마도 그들 역시 살을 빼려고 온갖 노력을 해왔건만 어쩔 도리가 없을 것이다. 그만큼 우리는 풍요의 세상에서 살고 있으니까.

이런 풍요를 싫다고 할 사람이 있을까? 아무도 그런 사치스러운 불평을 할 사람은 없을 것이다. 어느 누구도 다시는 '기아 선상에서 헤매던' 시절로 되돌아가고 싶지는 않을 것이니까.

그런데 우리는 이렇게 잘 살면서도 그로 인해서 잃어가는 것이 있다. 배는 부르지만 가난한 것이 있다.

그것은 다름 아니라 물질에 대한 애정의 빈곤이다. 가진 물건은 많지만 그와 반대로 가진 것에 대한 만족도가 감소되어 그만큼 사물과의 만남에서 얻던 행복감을 잃어버리고 있는 것이다.

사물과의 만남이 주는 행복감이란 무엇인가?

우리는 친한 사람을 만나면 행복하다. 이런 만남의 행복감은 사람한테만 있는 것이 아니다. 우리는 우리가 만날 수 있는 많은 사물에서도 역시 행복감을 느낀다. 둥근 달을 볼 때, 민들레를 만날 때, 흰나비를 만날 때 그리고 자기 승용차나 새집이나 새로 산 핸드폰 등에 대해서도 모두 행복감을 갖는다.

그런데 우리는 그런 사물과의 만남에서 행복감을 갖지만 그것은 쉽사리 변한다. 더 좋은 물건이 생기면 먼젓것을 쉽게 내던져버린다.

이사철이 되면 장롱이나 책상, 책꽂이, 밥상, 냉장고, TV 등을 버리고 가는 집, 또는 이삿짐을 싣고 왔다가도 그냥 마당에 내버리고 마는 집들이 많게 되었다. 새것이 생길 때마다 헌것은 미련 없이 내던진다. 매일 식구들이 아침 저녁으로 둘러앉아서 밥을 먹던 밥상이나, 자식이 입시 공부했던 책상들은 특히 정이 들었을 법도 하지만 그것보다 새것이 나타날 때에는 그것들은 돈 주고 내다 버리는 귀찮은 쓰레기

신세가 되고 마는 것이다.

이런 쓰레기들을 주워가는 사람도 있기는 하지만 대개는 거의 새것이나 다름없는 신발, 바구미가 생긴 쌀자루, 풀어 본 일도 없는 엄청난 신문 꾸러미 등을 비롯하여 온갖 별난 쓰레기들이 모여서 커다란 산처럼 솟아오른 최초의 것이 서울의 난지도다.

물론 이런 쓰레기 산에는 필요가 없어져서 버린 것이 대부분이겠지만 그 양적 부피가 의미하는 것은 무엇일까? 그중의 꽤 많은 양은 곧 내다 버린 '행복'이 아닐까? 소유함으로써 행복해야 할 물건들이 그 애정적 감각의 상실로 말미암아 내던져버리게 되고 만 것이다.

사물과의 만남이 주는 행복감이 무엇인지 과거의 기억을 되살려 보자. 예전에 유씨 부인이 썼다는 〈제침문(혹은 조침문)〉을 읽어봐도 될 것이다.

유씨 부인은 자식도 없이 과부가 된 후 오로지 바느질 품을 팔며 외로운 세월을 보내고 있었다. 시삼촌이 북경에 다녀오면서 바늘을 선물로 사다주었다. 그녀는 이런 바늘이 생계 도구였을 뿐만 아니라 그 사물 자체에 흠뻑 정이 들었었다. 그러다가 그것이 부러져버리는 바람에 슬피 울며 바늘 제사를 지낸 것이다.

이런 사랑은 〈규중칠우쟁론기閨中七友爭論記〉에서도 나타난다. 척부인(尺夫人:자), 교두각시(가위), 세요각시(바늘), 청홍각시(색실), 감투할미(골무), 인화낭자(인두), 울낭자(熨娘子:다리미)의 일곱 가지가 규중칠우다.

규중의 여인들은 이런 물건들을 너무도 아끼고 거기서 삶의 정을 느낀 것이다.

황진이가 읊은 한시 〈영반월詠半月〉에서도 그렇다. 하늘에 떠 있는 반월을 보고서 한때 너무도 사랑했던 반월빗을 생각하고 그처럼 쓰레기로 버려진 빗을 자신의 삶에 비유한 것이다.

그렇지만 이렇게 버려진 빗은 살이 다 빠져서 더 이상 쓸 수 없게 된 빗이며, 그것도 너무 정든 것이어서 대개는 유둣날 창포물에 머리 빗고 강물에 버리며 이별을 슬퍼한 것이다.

이 시절엔 이만큼, 사물과의 만남이 친구나 님과의 만남처럼 행복감을 주는 것이었다.

그런데 우리는 이제 이런 기쁨을 잃고 있다. 그만큼 '생활'을 잃은 것이다. 종이가 남아도는 것도 좋지만 너무 많아서 연필 한 자루가 주는 기쁨을 모른다. 광고지의 뒷장이나 여백에 몽당연필로 그림을 그리던 기쁨이 어떤 것인지 지금의 아이들은 모른다. 배가 너무 불러서 밥맛을 잃은 것과 꼭 같다.

이런 풍요 속에서 우리는 먹다 버리는 연간 3조 원의 음식 찌꺼기를 비롯하여 세계에서 쓰레기를 가장 많이 버리는 국민이 되고 쓰레기 공화국으로 치닫고 있다. 풍요로운 한국 문명이란 곧 쓰레기 제조 문명인 셈이다.

머지않아서 우리의 금수강산은 쓰레기로 덮이고 우리는 그 위에 올라앉게 될 것이다.

이런 쓰레기를 줄이기 위해서 쉽게 썩어 없어지는 쓰레기도 연구해내는 모양이지만 지금의 엄청난 쓰레기 생산량을 그런 방법으로 막는다는 것은, 적어도 우리 한국인한테는 안 먹혀들어가는 일이다.

우리는 쓰레기를 줄여야 한다. 그런데 그냥 줄이기보다는 우리가 우리 주변의 모든 것을 사랑하는 마음부터 가짐으로써, 쓰레기가 애초부터 없는 생활을 해야 한다.

산에 나무하러 갔다가 똥을 싸게 되자 그것을 나뭇잎 풀잎으로 싸가지고 집으로 달려왔다는 농사꾼의 얘기가 있다. 예전에 개성 깍쟁이를 비웃느라고 만들어진 얘기다. 사실, 똥과 아궁이의 재를 모두 돈 받고 파는 개성 사람들은 그만큼 거저 버리는 것이 없기 때문에 쓰레기가 거의 없다. 그들은 그렇게 아끼는 만큼 주변의 모든 것을 사랑한다.

환경오염의 방지일 뿐만 아니라 우리는 사물과의 만남에서 얻어지는 진정한 행복의 철학을 위해서도 그런 개성 사람을 본받을 필요가 있을 것이다.

맑은 하늘의 부활

박재삼
시인. 1933년 일본에서 출생. 경남 삼천포에서 성장. 고려대학교 국문과 중퇴.
1955년 《현대문학》으로 등단. 현대문학 신인상, 한국시협상, 인촌상 수상.
저서 : 시집 《춘향이 마음》《어린것들 옆에서》, 수필집 《슬퍼서 아름다운 이야기》
《빛과 소리의 풀밭》《노래는 참말입니다》《샛길의 유혹》 외.

서울의 하늘이 늘 희뿌옇게 되어 있더니 희한하게도 이번 7월 20일을 전후한 닷새 동안은 말끔히 개인 것을 보여주었다. 실로 오랜만에 맑은 하늘을 볼 수가 있었다. 정말 이런 하늘을 보는 것이 꿈 같기만 했다.

그래서 신문마다 맑은 하늘이 사진에 나와 서울 전경을 환히 내려다보는 것이었고, 심지어는 너무 맑아 남산 꼭대기에서 아득히 인천 앞바다가 보이는 것까지 대서특필大書特筆로 나오곤 한다.

이런 좋은 날씨가 약 닷새쯤 계속 되었던 것 같다. 그래서 맑은 하늘을 보다 시원하게 보기 위하여 높은 빌딩 전망대에는 그전보다 사람이 밀려들었다고 했다. 더구나 학생들도 방학을 맞이한 처지이고 보니 그 숫자가 불어나는 것은 당연한 이치라고 하겠다. 이런 것은 근래에는 거의 없었던 사실이고 보니 누구나 반가워한 나머지, 그것이 근본적으로는 인간에게 살 만한 세상을 잠시나마 비춰주었던 셈이라고나 할까.

그러고 보니 그전에는 온통 공해에 묻혀 우리 주변의 하늘빛은 항상 희뿌옇기만 했다. 거기에 묻혀 지내다 보니 어느새 하늘이 온통 흐려진 것이라고 하겠다. 그래서 늘 그런 하늘만 보던 것이 그럴 수 없이 신선한 것을 받으니 어찌 반갑지 아니하겠는가.

가다가는 이런 생각이 문득문득 일어나는 것을 막을 수 없다. 즉 과학이 전에 비하여 훨씬 발달했으므로 사는 형편은 말할 수 없이 편리해지고, 거기다가 물자物資라는 것도 풍성해진 것은 사실이다. 그러나 이런 좋은 것을 누릴 수 있는 대신 공기를 썩게 했다는 것이 부수적附隨的으로 따르게 되었다는 그것이다.

그러니까 과학의 발달로 말미암아 강이 썩고 그것이 더 나아가서는 하늘도 썩은 공기로 휩싸이게 한다고 본다. 그렇건만, 이제는 어떻게 된 셈인지 하늘을 썩게 한 것은 누구의 책임도 묻지 않는 단계로 나아간 오늘이다.

폐수廢水를 흘려 보내는 것은 공해의 차원에서 단속을 하건만, 나쁜 공기를 흘려 보내는 것은 시치미를 떼고 있으니 더 큰 잘못이 아닌가 생각된다. 가령 큰 공장의 굴뚝에서 굉장히 나쁜 공기를 뿜어내건만 거기에 대해서는 아무런 제재制裁도 가하지 않는 실정은 이것을 뜻하지 않을까.

맑은 하늘을 볼 수 있었던 것이 한 닷새 계속 되었지만, 그것은 장마가 있고 나서 그나마 그랬던 것이고, 또 이 다음에는 공해에 찌든 희뿌연 공기 속에 놓일 것이라고 생각하니 더없이 답답해진다. 그러니까 그렇게 하늘이 맑은 것은 다음의 일이었으니, 모두가 다 자연 이치에 따르고 보니 그런 것이 아닐까.

그러고 보니 우리가 전에 비하여 잘살게 되었다는 것은 백번 좋은 일이건만, 그것은 하늘이 맑은 가운데 그럴 수는 없을까 하고 생각해본다. 잘살게 되었다는 그 대가로 뿌연 하늘 밑에서 답답하게 지내는 것이 신이 내린 반대급부反對給付인 것만 같다. 무엇인가 뒤에 개운찮은 사실은 어쩔 수 없는 것이다.

이렇게 가다가는 다음에 오는 후세들은 맑은 하늘이란 것은 애당초 없는 것이라고 여길지 모른다고 생각을 하니 그들이 더없이 불쌍하게 여겨지는 것은 어쩔 수 없다. 그만큼 이 하늘이 파괴되고, 따라서 지구 전체가 많이 곪아터져 있는 것이다.

그래서 오존층을 되살리자고 여러 군데서 운동을 벌이고 있는 실정이다. 그것은 주로 지구를 살리자는 녹화운동으로부터 시작되었다. 그러나 가만히 다시 생각하자니 하늘을 전과 같이 맑게 다스리자는 것도 이 범주에 든다고 본다. 녹화 운동을 더 크게 벌인다면 결국 하늘을 맑게 다스린다는 결론에까지 이르기 때문이다.

이제 이 지구를 못쓰게 망가뜨린 것은 다름 아닌 사람인데, 그 사람들의 자각으로 늦게나마 다시 부활시키자고 나서고 있는 느낌이다.

무능한 자가 살아 남는 길

정연희

소설가. 1958년 이화여대 국문과 졸업.

1957년 동아일보 신춘문예 소설 당선. 소설가협회상, 대한민국문학상,유주현문학상 수상.

소설집 : 《내 잔이 넘치나이다》《난지도》《여섯째날 오후》 외.

며칠 전 150억 광년 저쪽의 별 하나를 새로 찾아냈다는 사진을 보았다.

이 무변대한 우주 속, 지구라는 별 위에 태어난 것은 무슨 인연일까를 한동안 생각해보았다. 얼마나 기묘하고 아름다운 별인가……. 지구…… 사람 그리고 하늘과 땅…….

길섶과 담장 산자락마다 숨막히게 피고 있는 개나리, 진달래, 벚꽃, 복숭아꽃, 목련, 라일락. 사람이라면 이들 꽃 앞에서 어떻게 무심할 수 있으랴.

그러나 이렇게 황홀한 꽃그늘 아래서 우리는 물을 마음대로 마실 수 없는 고통과 근심을 안고 있다. 연일 신문이며 텔레비전에서 아우성을 치다시피 하고는 있지만, 실상은 그것이 얼마나 무서운 일인가를 실감하고 있는 사람이 그렇게 많지는 않은 것 같으니 그것이 더 기막히는 일이 아닐 수 없다.

50여 년 전 서울에는 수도 시설이 제대로 된 동리가 별로 없었다. 물장수가 져다 주는 물을 써야 했기 때문에 '물을 돈 쓰듯' 해야 했다.

"물을 헤피 쓰면 벌받는다. 나중에 저승에 가면 염라대왕이, 쓸데없이 낭비한 물을 다 마시라고 한단다. 그러니 세숫물도 조금씩 아껴서 쓰거라. 그리고 너를 찾는 친구한테 잘 해주어라. 네가 혹여 실수로 물을 많이 쓴 것이 있어 염라대왕 앞에서 곤욕을 치를 때면 그 친구가, 네가 마셔야 할 물을 옷고름으로 찍어내면서 너를 도와줄 게야" 할머니께서 틈틈이 들려주신 말씀이다.

아버지 또한 부지런한 검약가였다. 무엇이든 버리시는 것 없이 꼼꼼하게 챙겨두셔서 나중에 어디에 쓰여도 쓰일 물건이 구석구석에 쟁여져 있었다.

그런 데다가 전쟁을 겪은 우리는 찢어지게 가난했다. 전깃불 때문에 발발 떨며 살았고, 옷 한 벌 신발 한 켤레가 소중한 재산이었다. 우산이 없어서 비를 맞는 것은 예사였고, 10리고 20리고 걸어서 다녀야 하는 세상을 살았다.

이제 60을 바라보는 나이에 이르러 나를 돌이켜보니, 나야말로 실로 무능하기 이를 바 없는 인생을 살았지 싶다. 나는 분명 생산자는 아니다. 생산자가 아니니 소비자일 수밖에 없는 인생을 살아온 것이다.

등단 40여 년 가깝게 글이라는 것을 썼다지만, 나는 단 한 번도 내가 쓰는 글나부랭이를 작업作業이라고 여겨본 일이 없다. 밭갈고 김매는 일도 아니고 땅을 파는 일하고도 견줄 수 없으며 공장에서 단순 노동을 하는 사람들의 노고와는 더구나 다른 일이어서, 내가 하고 있는 일을 '일' 이라고 생각해본 적이 없다.

그저 부엌 살림과 청소, 빨래나 길거리를 청소하는 일 외에 노동이라는 것을 해본 일이 없이 살았으니 정녕 무능한 한 생을 살아온 것이다.

그래서 자연, 내가 할 수 있는 일이란, 남들이 생산해낸 물건을 아껴 쓰는 도리밖에 없다는 것을 터득하는 일이었고, 그렇게 살아가고 있을 뿐이다. 떠들썩하게 앞장 설 일도 없고, 내세워 자랑할 것도 없다. 그저 배운 대로 그리고 양심이 덜 아픈 길을 찾아가는 것뿐이다.

남들이 앞다투어 사들이는 전자 제품은 될 수 있으면 사지 않았다. 이제는 나이 들어 빨래가 힘이 들어서 어쩔 수 없이 세탁기를 샀지만 옷이 상하는 것이 아까워서 웬만한 빨래는 손으로 하고 세탁기는 한 주일에 한번이나 어느 때는 열흘에 한번 쓰고 있다. 남편은 하도 오래 쓰고 있는 가스렌지가 위험하다면서 바꾸라고 성화지만 아직도 10년밖에 안 된 것이어서 고집을 부리고 견딘다. 남편의 성화에 15년 된 냉장고를 바꾸면서도 가슴이 아렸다.

따지고 보면 현대의 물질문명이란 거대한 쓰레기 그 자체다. 집에서 쓰던 가전 제품도 쓰레기가 되고, 자동차, 비행기, 각 나라가 지니고 있는 엄청난 무기, 선박, 산업 폐기물에다가 간단없이 쏘아올리는 인공위성은 우주 쓰레기가 되고 있지 않은가.

현대인은 미친 듯이 쓰레기를 만들기 위해서 살고 있다. 이렇게 가다가는 머지않아서 쓰레기에 치여 죽을 수밖에 없을 것이다.

이미 십수 년 전, 도시의 쓰레기가 하도 무서워서 난지도를 견학해가며 '난지도' 라는 제목의 소설을 쓰기도 했지만, 쓰레기의 심각성은 그 해결의 실마리가 보이지 않는다.

그저 나 혼자서라도, 쓰는 것에 겸손하며 버리는 것을 줄이며 사는 길뿐, 방법이 따로 없었다. 우리 집에는 기증본 책이 많이 배달된다. 그리고 이쪽에서도 책을 보낼 일이 더러 있다. 그래서 배달되어 온 책의 봉투를 모아두었다가 뒤집어서 책을 싸서 부친다. 새 서류봉투에 넣는 것보다는 책이 요동을 치지 않으므로 책이 상할 염려가 없어서 좋다. 수없이 배달되는 편지 봉투는 깨끗한 것을 골라서, 돈을 줄 일이 있을 때 넣어서 건네면 날돈을 건네는 것보다 서로가 덜 무안

하다. 물건을 묶었던 비닐 끈은 반씩 갈라서 말아두었다가 써도 튼튼하기만 하다.

저녁때 화장을 지운 티슈는 클렌징 크림이 배어 있어, 접어두었다가 가구를 닦으면 먼지도 잘 닦이고 마른 걸레를 자주 빨지 않아도 되는 이점이 있다. 그것을 접어 모아두고 화장실에서 화장지를 덧싸서 쓰면 두루마리 휴지가 반 이상 절약이 된다. 요즘도 행세깨나 하는 호텔 식당의 페이퍼 냅킨은, 조금 과장을 해서 홑이불 반만한 크기에 두껍기는 왜 그렇게 두꺼운지 한손에 구겨 버리기가 너무도 아깝다. 누가 뭐라든 그것을 접어 들고 와서 뒷간에서 다시 쓴다. 지금도 우리가 쓰는 그 기막히게 흔전만전한 종이를 만드느라고 아마존이 쓰러지고 동남아시아의 밀림이 넘어간다.

회의장에서 써대는 일회용 컵이 하도 넘쳐서 아침에 집어든 컵에 자기 이름을 써넣고 하루 종일 그것 하나만 쓰라고 우겨대서 고약한 시어머니 소리를 듣기도 했지만, 조간 신문에 한무더기씩 끼어져 있는 화려한 광고용 아트지가 아깝고 보기 싫어서 신문을 끊은 지 4년이 된다.

세수할 때는 비눗기를 씻어낸 뒤에 얼굴을 헹군 물을 모아두었다가 걸레를 빨고, 손빨래를 할 일이 있을 때만 목욕통에 물을 받아서 쓰고 있다.

문명의 이기利器 중에 질색을 할 물건이 좌식 양변기다. 온갖 사람들이 다 타고 앉았던 깔개를 너도나도 걸터앉는다는 것이 말이 되는가. 미국에서는 한때 깔개를 덮는 종이를 산처럼 쌓아놓고 각자가 그것을 깔고 쓰도록 했지만, 어떻든 오줌 몇 방울 깔기고 몇 동이씩의 물을 기세좋게 쏟아버리는 그 물건은 문명의 악덕 중의 하나가 아닌가 싶다.

시골집에는 재래식 변소를 만들어 손님들에게서 비료를 얻어내고 있고, 서울집에서는 어쩔 수 없이 오줌도 광고를 하고 누기로 했다. '합환주合歡酒'를 만들어 물을 내리는 방법이다.

시골집에서는 지하수를 쓰고 있어, 웬만한 개숫물은 화초에 물을 주고, 음식 찌꺼기는 두엄에 넣어 거름을 만든다. 다 먹은 김치 국물일수록 영양가 있는 비료라는 것도 터득해서 멀찍이 나무 둘레에 묻어주면 흙이 걸어진다.

다리미의 여열로 손수건을 다리거나 못쓰게 된 스타킹으로 쿠션 속을 만드는 것은 어렸을 때부터의 습관이다. 설거지나 빨래를 남에게 맡기기 어려워하는 것은 그들이 나만큼은 세제나 물을 아끼지 않는 것 같아서다. 그래서 살림을 남에게 맡기지 못하고, 파출부조차 부르지 않고 산 지 20여 년이 넘는다. 아직 몸을 굼닐 수 있는 것만을 감사, 감사하면서…….

흔전만전 흥청거리며 사는 세상에서는 상자곽 하나도, 버릴 것이 없을 만큼 포장지며 상자곽들이 예쁘고 곱다. 1년 동안 받게 되는 물건의 포장지로는 연말 선물을 쌀 때 쓰고도 남을 정도요, 상자곽들은 알락달락한 헝겊으로 싸면 너무도 예쁜 반지 그릇이 되어준다. 우리가 살고 있는 이 세상에서 쓰고 있는 물건 중에 미련 없이 버릴 수 있는 것이 무엇인가. 모든 것이 너무 아깝고 너무 신기해서, 우리집 구석구석은 잡동사니 집합소라고 남편이 질색을 하지만 나는 남편 몰래 그것들을 감추어두었다가, 때마다 정말이지 너무도 요긴하게 쓰고 있다.

그러한 나를 두고, 쩨쩨하고 구질구질하다고 뒷손가락질을 할 사람도 있겠지만, 아무것도 생산해낼 줄 모르는 자가 살아 남는 길이 이것뿐이라는 믿음을 바꿀 생각은 없다. 그리고 누가 무어라 하여도 나는 궁상맞게 살지는 않는다. 주어진 것은 누리되 분수를 지키는 것뿐이다.

나는 인류 역사상 어느 시기의 여자보다 활발하게 그리고 여왕처럼 살고 있다. 아무것도 부러워할 일 없이!

은하수가 마르다

김열규
문학평론가 · 인제대 교수. 1932년 경남 고성 출생. 1963년 조선일보 신춘문예 평론 당선.
서강대학교 교수 역임. 저서 : 《한국민속과 문학 연구》《한국신화와 무속 연구》,
수필집 : 《흔들리는 시대의 언어들》《시간의 빈터에서》 외.

은하수를 못 보았다는 학생이 있었다. 농이 지나치다고 했더니 서울 하늘에서는 정말 본 일이 없다는 것이었다. 어이가 없어 멍해 있는 내가 보기에 딱했던지 옆의 몇몇 학생도 역시 본 것 같지 않다고 거들었다.

"별은 빛나건만……." "은하수는 빛나건만……."—나는 무슨 슬픈 노래라도 불러야 할 것만 같았다.

밤하늘에 부치는 명상만큼 깊고 장중한 것이 흔할까. 어둠이 보석처럼 여문 밤하늘 아래서 별을 우러르지 않고 어느 몽상이 날개를 펴리라고 꿈엔들 생각해보랴. 은하수는 별들의 바다, 그것은 별들의 강물, 아니 별 중의 별들이다.

밤하늘 아래 우리들의 명상이, 혹은 우리들의 몽상이 은하수 그 물 속에 멱감지 않고, 은하수 그 바다를 건너가보지 않았던 적이 있었을까.

소년 마리우스에게 있어 별은 단적으로 아름다움 그 자체였다. 그가 죽음을 두려워했던 것도 별을 못 보게 될 것이라는 추측, 그 하나 때문이다시피 했다.

아직도 은하수가 덜 기울었다는 핑계로 잠들려 하지 않고, 오직 은하수가 보고파서 밤을 기다리던 그런 어린 철을 보내지 않은 사람은 몇이나 될까.

북쪽하늘 끝 '카시오페이아'의 나루를 떠난 우리들의 항해는 중천에 다다라 '백조'와 '독수리'로 더불어 휘황하게 날기도 하고 '직녀' 만나러 가는 '견우'의 소 잔등에서 거드름도 피우다가, 마침내 남쪽하늘 끝 '전갈'이며 '이리' 떼가 황야에서 동화 속의 영웅처럼 용맹을 떨치며 드디어 대단원의 닻을 내렸던 것이다.

이제 젊은 20대들은 이 모든 것에 종언을 고한 것이다. 더불어 그들은 밤하늘의 명상과 어둠의 몽상과도 옷소매를 가른 것이다.

"사람은 생각할 때 거지로 화하고 꿈꿀 때 신이 된다"고 한 횔덜린의 말대로 한다면 이제 밤의 20대들은 걸인으로 전락한 것이다.

야밤중에 깨어난 어린 말테에게 있어 그러했듯이, 어둠은 우리들을 죽음의 상념 속에 깊이 묻히게 한다. 함께 지상의 삶과 그것이 지닌 한계에 대하여 깊이 묵념케 한다.

그러나 이때 우리들이 단 한번 은하수와 그 별들을 우러르는 것만으로 우리의 생각은 '멀리 아득히 우러를 것들' 에 이르게 된다. 그것들은 초월과 구원과 피안에의 계시인 것이다.

어느 한 북방 아시아족은 북극성을 천상의 세계로의 관문이라 생각했다. 죽음의 상념에 고개 숙이는 찰나에 있어 별은 우리들을 영원과 피안을 향해 손짓한다.

그것은 우리들에게 있어 초월이 숙명이라는 것을, 무엇인가 드높은 것에의 헌신이 우리의 운명이라는 것을 일러주게 된다. 그러면서 생이 커다란 동경이란 것을 느끼게 해준다.

그것은 얼마나 감격적인 인식의 순간이었던가. 우리는 그때 얼마나 아름다운, 가슴 빼근한 감격의 눈물을 흘렸던가.

이제 은하수를 앗기고 별을 빼앗긴 우리의 20대들은 무엇을 보고 몽상할 것인가.

어둠 속에서도 불길한 마성魔性처럼 희부연히 느껴지는 그 배기가스에 싸여 그들은 무엇을 동경할 것인가. 어지러운 헤드라이트의 조명이나 졸린 듯 무표정한 형광등의 불빛은 다만 우리의 시선을 어느 한 곳에 응착凝着시킬 뿐이다. 현실의 작은 한 시점에 우리의 시선을 못박게 할 뿐이다. 그 불빛들은 별빛처럼 무한 쪽을 비추는 것이 아니다. 우리에게서 무한을 차단하고 현실의 이쪽을 비출 뿐이다.

동경을 모르고 욕망 안에 매여 있는 세대—그것이 지금의 젊은세대라는 생각을 해볼 때가 있다. '헌신'이란 것은 잠꼬대에 지나지 않고 오직 '소유'만이 절대인 그런 삶을 사는 세대가 있다는 것은 무서운 일이다. 야수野獸의 우리 속에 내던져진 것만큼이나 송연悚然한 일이다.

은하수가 말라버린 하늘 아래에선 그럴 수밖에 없는 것이다. 피안을 향한 그 불빛들이 꺼져버린 이 어두운 삶의 길목에서는 달리 어쩔 수가 없는 것이다.

감상感傷을 여름날 미숫가루 물처럼 마시다 간 시인 윤동주尹東柱는 모든 그리운 것과 모든 사랑스러운 것을 별에 붙여 비로소 이름지을 수 있었다. 어머니도 소녀도 시도 그리고 작고 귀여운 짐승에 이르기까지…….

별에 붙여 이름이 불려질 때 이 지상의 것들은 초월의 날개를 파닥이며 가볍게 별을 향해 비상하기 시작한다. 인간이 그 영혼의 존재를 느끼는 것도 바로 그때이다. 아울러 자아가 무한과 영원을 향해 열려져 있다는 것을 느끼게도 되는 것이다. 매미 껍질을 벗듯 자아를 넘어서고 집념의 사슬을 끊고 우리들은 더없이 순화되는 것이다. 수액樹液이 나무 속을 돌 듯, 길러줄 인연이란 오직 헌신뿐이라는 것을 깨닫는 기쁨도 그때 누려지는 것이다. 위대한 것, 구원한 절대에의 헌신을 결단하는 것이 정작 동경이라면 그때 우리는 비로소 동경하는 자의 별빛 같은 눈동자를 지니게 되는 것이다.

현실의 이쪽을 비추는 전등들의 그 불빛으로는 소유와 집

념과 욕구의 영상이 비춰질 뿐이다. 요즘의 영화들은 그것을 너무도 잘 보여준다. 전등으로 비추는 인간 욕구의 파노라마…….

별만이, 은하수만이 아니다. 혹은 달이, 바다가, 산이 또는 강이 또한 그렇다. 그것은 이제 우리들의 자연이 아니다. 적어도 인간 '본질'을 의미한 그런 자연은 아니다. 자연은 '내이처nature'란 말과 함께 본성을 의미한 것이었다.

더러는 우리에게서 사라져갔고 더러는 관광과 행락의 대상이 된 지 오래다. 주말의 무대가 되기 십상이다.

체위의 향상과 지능의 계발에도 불구하고, 아니 그에 비례하여 인간 정서가 사태를 일으켜 무너져가고 있음은 바로 이 때문이다.

은하수가 말라버린 서울의 하늘에서 인간들의 가슴이 말라가고 있는 것이다.

초록과 젊음

허영자
시인 · 성신여대 교수. 1938년 경남 함양 출생. 숙명여대 대학원 졸업.
1962년 월간《현대문학》시 추천 등단. 청미회靑眉會 회원. 시집 :《어여쁨이야 어찌 꽃뿐이랴》
《한송이 꽃도 당신 뜻으로》, 수필집 :《아름다운 삶을 향하여》《사랑과 추억의 불꽃》외.

메말랐던 땅 위에 온갖 풀이 돋아나고 나무나무 가지마다 새 잎이 싹트는 초록의 계절이 오면 나는 옛날 나의 은사님께서 하시던 말씀이 생각난다. "우리는 서로 부여잡고 엉엉 우는 수밖에 무슨 일을 할 수 있겠는가." 이것이 그분의 말씀이었다. 온 천지에 출렁이는 초록의 물결에 대한 감격을 이보다 더 가슴에 와닿게 표현한 말을 나는 더 알지 못한다. 봄에 대한 찬양, 새 생명의 부활에 대한 찬미가 시로, 노래로, 그림으로, 무용으로 혹은 그 외의 방법으로 무수히 표현되고 있지만 '엉엉 운다'고 하는 저 숨김없는 본성의 표현에 미칠 수 있는 것은 하나도 없다. 그때의 우리는 초록과 혼연일체, 자연과 하나를 이루는 바로 그런 경지에 접어드는 것이 아닌가.

생성, 소멸, 부활이라는 자연의 순환 섭리에 따라 한 계절이 가면 또 한 계절이 다가오고, 한 계절을 보내고 나면 또 한 계절을 맞이하는 이 당연한 되풀이가 그러나 새 계절에 접할 때마다 우리를 감격케 하지만, 봄의 초록처럼 놀랍고 가슴 뛰놀게 하는 것은 다시없는 것 같다. 비어 있던 천지를 가득 채우는 저 생명의 숨결, 그것이 어디에 숨어 있다가 저토록 빛나는 윤기를 머금고 나타나는가, 그것만으로 신비롭고 경탄스럽기 이를 데 없지만 근년 들어 나는 더욱 봄의 꽃과 잎에 대하여 고마운 마음을 가진다.

요즈음 들어 지구의 존폐나 인류의 생존과 가장 밀접하게 관계되는 문제로 논의되고 있는 것이 환경 문제임은 누구나 아는 바다. 공업화 및 산업화 사회가 분명 우리에게 편리한 문명 생활을 제공하고 인류 문명을 한 단계 진보 · 발전시킨 데에 공헌한 것은 사실이지만, 그로 인한 온갖 공해가 지구를 파괴하고 인류를 멸망시킬 전조를 보이고 있는 것이다.

물이 더럽혀지고 땅이 더럽혀지고 공기가 더럽혀짐에 따라 이제 우리는 사면 초가의 위험 속에 던져져 있는 셈이다. 이런 위태로운 환경 속에서 우리는 참으로 용케도 살아가고 있다는 생각이 들 적이 많다. 이런 문제에 대하여 큰 우려를 나타내고 있는 사람들이 다각적으로 환경 오염 문제를 해결하려 애쓰고 있다. 그러나 따지고 보면 이 문제는 인류 전체가 깊은 관심을 가지고 해결해나가야 할 문제이다. 적어도 환경 문제에 있어서 인류는 공동 운명체이기 때문이다.

사실, 사람들이 많이 모여 사는 대도시의 어디를 가나 더러운 하수, 매연, 쓰레기, 먼지, 소음, 광고 등등으로 정신이 어지럽다. 온 도시가 회색으로 그을려가고 있는데, 매연에 시달리는 가로수에서 초록 잎새가 터져나온 것을 볼 때, 혹은 시멘트로 발라버린 길 가장자리를 비집고 들꽃 한 송이가 돋아나온 것을 볼 때 참으로 고맙다는 생각이 드는 것은 어쩌면 당연한 일이 아닐까.

나는 늘 조마조마하다. 저 그을은 가로수에 이제 다시는 초록잎이 돋아나지 않겠지 하는 마음 때문이다. 거리에 나서면 숨이 막히고 눈이 따갑고 목이 막히는데, 그런 거리에 서서 시달리는 가로수들이 그만 더 이상 견디지 못하고 고사故死하리라는 불안감을 떨쳐버릴 수가 없다.

이런 불안감을 지나치게 과민한 신경증이라고 일축해버리기에는 너무나 깨끗하지 못한 우리의 환경이다. 이런 염려를 떨쳐버리지 못하는 나에게 있어 근년의 봄과, 봄에 피어나는 온갖 꽃과 잎들이 더욱 유정한 마음을 불러일으키는 것은 당연한 일이 아니겠는가.

며칠 전에도 나는 집 앞의 시멘트 포장 길섶에 피어난 앉은뱅이 꽃을 보고 옆의 사람이 이상하게 여길 정도로 큰 탄성을 발하였다. 정녕 그런 큰 탄성이 터져나온 것은 앞서 이야기한 나의 염려가 너무나 컸었기에, 하나 이지러짐 없이 피어나서 보랏빛 앙증스러운 꽃송이를 달고 있는 그 풀 앞에서의 감격이 그만큼 컸던 탓이었다.

나는 이런 봄꽃, 봄풀, 봄초록들을 보며 우리 젊은이들을 생각하게 된다.

오늘 우리 주변을 살펴보면 인심의 환경 또한 자연 환경에 못지않게 오염, 타락하여 있는 것을 알 수 있다. 배금주의의 만연이 인간의 가치 척도를 전도시켜 윤리니 도덕이니 하는 것은 고리타분한 옛이야기 듣듯이 하는 판이다. 그러니 법이니 제도니 하는 인간 최고의 약속도 지켜지지 않는 것은 물론, 마약 판매, 인신 매매, 전쟁 등 인간이 감추고 있는 수성獸性이 도처에서 드러나고 있는 형편이다. 이러한 구정물들이 인심을 해치고 인간 사회를 더럽히는 것으로 말하면 인간은 더 이상 진보할 수 없는 짐승으로 퇴보할 수밖에 없을 지경이다.

그러나 이러한 오염된 인심 속에서도 봄의 초록처럼 피어나는 신선한 것이 있으니 그것은 곧 젊음의 힘이다.

젊음이란 무엇인가. 용암처럼 솟구치는 정열을 가진 이가 젊은이요, 언제나 새로운 이상 세계를 지향하는 의지가 젊음의 속성이다. 그러기에 젊음은 안주하지 않고 늘 모험의 길을 떠난다. 틀에 얽매이지 않고 틀을 부수어 새로운 틀을 만든다. 기존의 것에 만족하지 않고 더 높은, 더 밝은 것을 지향한다.

기존의 인간 사회가 고통스럽고 불의롭고 부정하여 더할 수 없이 처참한 지경에 놓였을 때에도, 좌절하지 않는 젊은이들이 있었기에 인류는 항상 난관을 극복해왔으며 절망을 뛰어넘어 왔다.

우리는 가끔 장탄식을 할 때가 있다.

"세상이 이래가지고야 망하지 않을 수 있겠나. 말세다, 말세야." 인류 역사를 놓고 볼 때 이런 탄식은 수없이 되풀이되었을 것이다. 그러나 인류가 멸망하지 않고 오히려 문화적 진전을 이루며 오늘에 이른 것은 바로 젊은이들의 힘이 있었기 때문이라고 생각한다. 아프게 반성하고 과감히 개선할 수 있는 힘은 언제나 구김없고 고정 관념에 사로잡히지 않는 젊은이에게서 나올 수 있기 때문이다.

공해 속에 피어나는 이 봄의 초록을 보며 눈물 글썽이듯이 나는 오늘도 내 앞을 지나가는 젊은이들의 힘찬 발걸음을 보며 보다 밝은 미래를 꿈꾼다.

한 인디언 추장이 신세계에 주는 메시지

강옥구
시인 · 번역문학가. 전남 광주 출생. 이화여대 약학과 졸업.
U.C. 버클리 대학원 수료(영양학 석사). 미 국무성 농림부 실험실 기원技員.
시집 : 《지평선》(공저), 수필집 : 《들꽃을 바라보는 마음으로》,
역서 : 《교육과 인생의 의미》《관심의 불꽃》 외.

목사님! 오랜만에 서랍을 정리하다가 벅찬 감동을 받아서 번역해두었던 어느 인디언 추장의 편지를 다시 읽고 목사님께 보내드리고 싶어졌습니다. 100여 년 전 그 추장이 백인들에게 했던 경고가 바로 지금 고국의 현실에도 맞는 경고가 아닌가 생각됩니다. 너무 늦었는지도 모르겠지만 고국의 기름진 땅과 맑은 공기를 그리고 깨끗한 물을 회생시킬 가능성이 아직 있는지도 모르겠습니다.

1855년 미국의 대통령 프랭클린 피어스Franklin Pierce가 지금의 워싱턴 주에 해당하는 곳의 북미 인디언 스와미족의 추장인 시아틀Seathl에게 그의 땅을 정부에 팔아달라고 요청하였습니다. 그 답변으로 시아틀 추장은 대통령에게 다음과 같은 편지를 보냈습니다.

워싱턴에 있는 위대한 지도자가 우리 땅을 사고 싶다는 요청을 해 왔습니다. 그 위대한 지도자는 또한 우정과 친선의 말들을 우리에게 보내왔습니다. 이런 제스처는 매우 친절하나 그 답례로서 우리의 우정을 별로 필요로 하지 않는다는 것을 우리는 압니다. 그러나 우리는 당신의 제안을 고려할 것입니다. 그 까닭은, 만일 우리가 그렇게 하지 않는다면 백인들이 총으로써 우리의 땅을 빼앗아갈 것을 알기 때문입니다.

당신은 어떻게 하늘을, 땅의 체온을 사고 팔 수가 있습니까? 그러한 생각은 우리들에게는 매우 생소합니다. 더욱이 우리는 공기의 신선함과 물의 거품조차 소유하지 않습니다. 이 땅의 모든 구석구석은 나의 백성들에게는 신성합니다. 저 빛나는 솔잎들이며 모래 해변이며 어둠침침한 숲 속의 안개며 노래하는 벌레들 모두 내 백성들의 기억과 경험 안에서 성스럽습니다.

백인들이 우리의 사는 방법을 이해하지 못한다는 것을 우리는 알고 있습니다. 그들에게 있어서 한 조각의 땅은 그 곁에 있는 땅과 같으니, 왜냐하면 그들은 밤중에 와서 그 땅으로부터 그가 필요로 하는 모든 것을 가져가는 타인이기 때문입니다. 땅은 그들에게 있어서 형제가 아니며 적입니다. 그 땅을 정복한 다음에도 그들은 전진을 계속합니다. 게걸스러운 그들의 식욕으로 그 땅을 먹고 나면 그 뒤에는 오직 사막만이 남습니다. 당신들 도시의 광경은 우리 인디언들의 눈을 아프게 합니다. 그러나 그 까닭은 인디언들이 야만인이고 그것을 이해하지 못하는 탓이겠지요.

내가 만일 당신의 제안을 받아들이기로 할 경우엔 하나의 조건을 내놓겠습니다. 짐승들이 없는 곳에서 인간은 무엇입니까? 만일 모든 짐승들이 사라진다면 인간들은 커다란 정신적인 외로움 때문에 죽게 될 것입니다. 왜냐하면 짐승들에게 일어난 일들이 인간에게도 일어나기 때문입니다.

백인들이 어느 날엔가는 발견하게 될 한 가지 일을 우리는 알고 있습니다. 우리의 신神은 바로 같은 신입니다. 당신들이 우리의 땅을 갖기를 원하는 것처럼 그를 소유하고 있다고 당신들은 생각할는지 모릅니다. 그러나 당신들은 그렇게 할 수 없습니다. 그는 인간들의 신입니다. 그리고 그의 연민은 백인과 인디언들에게 동등합니다. 이 땅은 그에게 소중합니다. 그러므로 땅을 해롭게 하는 것은 창조자를 수없이 모독하는 것이 됩니다. 백인들 또한 소멸될 것입니다. 아마 다른 종족들보다 더 먼저 소멸될는지 모릅니다. 당신의 잠자리를 계속해서 오염시키면 당신은 언젠가 당신 자신의 찌꺼기 안에서 숨막히게 될 것입니다.

들소들이 모두 살육되고 야생마들이 길들여지고 숲 속의 신성한 구석구석이 인간들의 냄새로 무거워지고, 성숙한 언덕이 주는 광경이 떠들어대는 부인들로 인해 손상이 될 때 덤불이 어디 있으며 독수리가 어디 있습니까? 그것은 생활의 종말이며 죽어가는 것의 시작입니다.

백인의 도시에는 조용한 곳이 없습니다. 봄에 흔들리는 나뭇잎 소리며 벌레들의 날개들이 바스락거리는 소리를 들을 수 있는 곳이 없습니다. 아마 내가 야만인이고 이해를 못하는 탓인지 소음은 내 귀를 아프게 합니다. 만일 인간이 쏙독새의 아름다운 울음소리와 밤의 연못가에 울리는 개구리들의 논쟁을 들을 수가 없다면 남은 것이 무엇입니까? 북미의 인디언들은 대낮의 비로 씻겨지고 소나무 향내를 실은 바람의 부드러운 소리를 더 좋아합니다. 공기는 인디언들에게 더욱 귀하니 동물들과 나무들과 인간들, 모든 것들이 같은 숨을 나누어 갖기 때문입니다. 그러나 백인들은 그가 마시는 공기를 알아차리지 못하는 듯합니다. 그들은 여러 날을 죽어가는 사람처럼 냄새에 무감각합니다.

우리가 만일 백인들이 꿈꾸는 것이 무엇이며 긴 겨울밤 그들의 자녀들에게 어떠한 희망을 얘기해주며 내일을 향하여 그들의 마음속에 어떤 비전을 태우고 있는가를 알게 된다면, 우리는 보다 깊이 이해할 수 있을는지 모릅니다만 우리는 야만인들입니다. 백인들의 꿈은 우리들에게는 감추어져 있습니다. 그것들이 감추어져 있으므로 우리는 우리의 길을 가게 될 것입니다. 만일 우리가 서로 동의한다면 당신이 약속한 우리의 인디언 부락 지정 보유지를 확보하게 될 것입니다. 그곳에서 우리는 우리가 바라는 대로 우리의 짧은 날들을 살아가게 될 것입니다. 마지막 인디언들이 이 땅으로부터 소멸되어 오직 광야를 가로질러 흘러가는 구름의 그림자만이 남을 때, 그때에도 이 해변들과 숲들은 내 백성들의 정신을 간직하고 있을 것입니다. 그 까닭은 그들이 새로 태어난 아기가 엄마의 가슴의 고동 소리를 사랑하듯 이 땅을 사랑하기 때문입니다.

우리가 당신에게 우리의 땅을 판 후에 당신은 우리가 이 땅을 사랑하듯 사랑하고, 우리가 간수하듯 간수하고 그것에 대한 기억을 당신 마음속에 간직하시오. 당신이 이 땅을 가져간 후 당신의 모든 힘과 능력과 마음으로써, 당신의 자녀를 위하여 보호하고 신이 우리를 사랑하듯 사랑하시오. 당신의 신이 우리의 신과 같은 신이라는 그 한 가지를 우리는 알고 있습니다. 이 땅은 그에게 소중합니다. 백인들일지라도 공동의 운명으로부터 제외될 수는 없습니다.

이 편지는 미국 독립 200주년 기념의 한 부분으로 미국 정부에 의해서 공개되었습니다.

세검정에 살면서

이응백

국어학자 · 서울대 명예교수. 1923년 경기도 파주 출생. 서울대 사대 국문과 · 동 대학원 졸업.
이화여대 및 서울대 교수 역임. 한국국어교육연구회장 역임. 현재 한국수필문학진흥회장.
저서 : 《국어교육》《방송과 언어》, 수필집 : 《여적旅滴》《기다림》《고향길》 외.

광복 전후만 해도 자하문紫霞門을 지나 내리막으로 펼쳐지는 세검정 길을 걸을라치면 오른편 언덕 위에는 잎을 벗은 감들이 탐스럽게 주렁주렁 매달려 있는 것이 인상적印象的이었고, 아래로 죽 내려가면 세검정 정자 밑 널찍한 바위 위를 치마폭을 펼쳐 깔듯 스쳐내리는 옥 같은 물이 그대로 손으로 움켜 떠서 마실 수 있도록 깨끗했던 모습이 눈에 선하다.

당시의 세검정은 북한산北漢山을 주맥主脈으로 동북으로 마치 팔손이의 잎과도 같이 펼쳐져 여러 골짜기의 물들이 엽맥葉脈처럼 이골 저골에서 흘러내려 부챗살을 함께 모으듯 세검정 정자亭子를 사북으로 삼아 서쪽 방향으로 하얀 물거품을 뿜으면서 세차게 흘러 내려가고 있었다.

그때 그 골짜기에서는 사람들이 순실純實하게 자두며 복숭아, 앵두, 감을 가꾸면서 설거지며 빨래를 해 입고 살았어도 물은 여전히 깨끗했던 것이다.

조선 시대에는 청운동淸雲洞과 삼청동三淸洞의 물줄기를 함께 아울러 서출 동류西出東流하는 청계천淸溪川은 문자 그대로 물이 맑아서 광복 직후만 하더라도 아낙네들이 수표교水標橋 다리 아래서 빨래를 하고, 개울 바닥 양쪽 모래톱에는 옥사실 같은 흰 빨래를 눈이 부시게 펼쳐 널고 마전을 했었다. 그 무렵 한강漢江에는 그 풍성한 하얀 모래가 노들 강변江邊의 푸른 버들과 맑게 흐르는 강물하고 대조를 이루며 세월의 덧없음을 노래하고 있었다.

내가 이곳 세검정 동네로 이사를 온 20년 전만 해도 온갖 새들이 바로 귓전에서 울어대고, 여름밤이면 뜨락에 반딧불이 슴벅슴벅 형광螢光을 비치면서 유유히 날고 있었다. 그 당시 승가사僧伽寺를 오를 양이면 밭들을 이리저리 더듬어 산자락에 이르렀을 때, 언덕바지로 난 돌서렁길이 나온다. 신라 경덕왕敬德王 15년(756)에 수태秀台라는 스님이 승가사를 창건創建했다 하니, 이 길은 1200년이나 되는 오래 된 길이다. 등성 마루로 통한 그 길을 숲 사이로 올라갈라치면 꾀꼬리가 더없이 맑은 소리로 울고, 풀숲정에서는 꿩이 푸드덕, 놀란 장끼놈은 그 울긋불긋 요란한 깃을 쫙 펼치고 다급히 날아가며 꿔겅꿔겅 연거푸 소리를 친다. 산골짜기 깊숙한 곳에서는 뻐꾹새가 꿈속에서처럼 뻐꾹뻐꾹, 소쩍새는 소쩍소쩍 목에 피가 맺히도록 울어댔다.

그런데 북악 터널에 이어 구기舊基 터널이 개통됨으로 해서, 막혔던 동북 방향의 차들의 홍수가 들어 밀리는 바람에 공기 공해, 소음騷音 공해를 한꺼번에 가져와 새들은 참새를 제외하고는 모두 산 속으로 자취를 감추고, 반딧불의 낭만浪漫도 찾을 길이 바이 없게 돼버렸다.

그뿐인가. 그렇게 맑던 계곡溪谷의 물은 그대로 시궁창 물로 변해버린 지 오래다. 간혹 여름에 며칠씩 계속되는 장마에 물이 불으면 그렇게 구저분하던 계류溪流의 바닥이 말끔히 씻겨내리고 비교적 맑숙한 물이 기분좋게 흐르는 것도 불과 며칠, 구정물은 다시 제자리를 찾는 한심寒心이 벌어진다. 등성마루를 꼬불꼬불 이어간 긴 승가사 길은 말끔히 시멘트로 포장鋪裝한 찻길로 변하고, 음력 초하루 보름은 물론, 4월 파일 등 불교의 이름 붙은 날이면 두 대의 절 지프차가 열불나게 신도들을 실어 나르느라 가파른 경사 길에 매취媒臭와 소음을 여지없이 뿌려 등산객들의 눈살을 찌푸리게 한다.

어떤 이는 매일 아침 승가사엘 올라 약사전藥師殿의 물을 뜨고, 나도 1주일에 두 번을 그렇게 하는데, 걸어서 왕복 두 시간이나 걸리는 그 길바닥에 껌 종이, 담배 꽁초 하나 눈에 뜨이지 않는다. 그런데 골짜기로 통한 길을 따라 내려가다 보면 가겟집들이 양 옆에 즐비하게 들어서 있고, 거기서 배출

하는 생활 오수汚水들이 그 맑던 계곡물을 시궁창으로 만들어 놓은 것이다. 계곡물은 산의 혈맥血脈으로, 그것을 통해 청정淸淨한 물을 실어다 식수食水로도 농업 용수用水로도 쓰게 하며 고기가 살게 하는 것인데, 무슨 권한으로 그런 기능을 송두리째 빼어버리고 시궁창 구실만 하게 하고 있는 것인지 묻고 싶다.

그런데 자세히 보면 계곡 한쪽으로 하수도관下水道管을 따로 묻어 내려간 흔적이 있기는 한데, 그것이 큰 구실을 못하게 된 것이다. 어느 시점時點에 벼락다짐으로 그 공사를 하긴 했으나 그때에도 철저를 기하지 못하고, 그 뒤에 새로 낸 하수는 그 도관導管에 연결을 안 시키고 보니, 필시 상당한 비용을 들이고 한 모처럼의 시설이 헛도는 무용지물이 된 게 아닌가, 딱한 생각이 들었다. 철저성과 지속적인 관리가 따르지 못하는 말단 기관의 허점이 여기서도 잘 드러난 것이다.

•

이는 딴 이야기지만 버스 안내양案內孃 제도를 없앨 때 그 대신 자동안내 장치를 하고, 정류할 때 그것을 작동시켜 자동 안내가 되게 제도화했다. 그런데 그것을 그대로 실천하는 버스 운전기사가 얼마나 되는지? 이렇게 공적으로 정해진 제도를 지키지 않고도 당연하게 넘어가는 운전사와 승객, 감독 당국의 무심한 태도는 외국에서는 볼 수 없는 우리만의 우물 안 개구리 현상이다. 이런 것이 부끄럽다는 것을 알면 모든 시내와 강이 시궁창이 되는, 세계에서 다시 찾아볼 수 없는 기막힌 현상도 차차 스러지게 될 게 아니겠는가.

가람 이병기李秉岐 선생은 그 일기에 '때로는 개도 사람보다 낫다' 고 한 구절이 나온다. 지금으로서는 '때로는' 이 '늘' 이라고 고쳐져야 하지 않을까 하는 생각이 든다. 인간은 곧잘 만물의 영장靈長이라고 자부하고 있지만, 동물들이 무리지어 살면서 공기며 물, 땅 속을 사람들처럼 그토록 심하게 오염시키지는 않는다. 동물들이 배설排泄한 오물은 다 자정自淨이 가능한 것인데, 이른바 인간들이 과학의 지혜를 빌려 시킨 인간들의 오염은 영구히 자정이 불가능하니, 어찌 동물보다 낫다고 할 수 있으랴.

쓰레기의 산더미를 이루는 1회용 플라스틱 용기를 쓰지 말 것이며, 스스로 빚어낸 쓰레기는 스스로 처리하는 지혜와, 쓰레기를 줄이고 철저하게 재활용하는 제도를 정착시킬 것이다. 생활 용수 오염의 주범인 화학 세제洗劑 대신 비누를 애용하고, 생활 오수는 하수관으로 유도해 종말 정화시켜 뉴질랜드나 하와이에서처럼 바다 속 12마일 거리에 방류할 것이다.

세검정 밑의 맑은 물이 다시 흐르는 날, 생수生水 개발로 전 국토를 들쑤셔 새로운 오염원을 이루는 무모無謀와 상수도 오염의 근원이 깨끗이 사라질 것이다.

출렁이는 토지

허세욱
중국문학자 · 고려대 교수. 1934년 전북 임실 출생. 한국외국어대학교 중국어과 졸업.
중국대만사대 대학원 중국문학과 졸업. 중국현대문학 회장 역임. 중국문학상 수상(중국문예협).
저서 : 《중국현대문학론》《중국문화총설》, 수필집 : 《움직이는 고향》,
시집 : 《땅밑으로 흐르는 강》. 역서 : 《장자》《아큐정전》 외.

어형漁兄! 날씨가 벌써 쌀쌀합니다. 두메에서 자란 사람이라 이맘때면 감을 깎아서 곶감을 말리던 생각이 납니다. 재수가 좋은 날이면 텃논에서 미꾸라지를 한 소쿠리 잡아다가 널찍널찍한 시래기랑 함께 한나절 삶아서 막걸리랑 기분좋게 마시던 생각이 납니다. 그 미꾸라지 국 때문에 텃논의 작은 웅덩이를 고기 단지로 생각했었습니다. 거기만 가면 까만 새우나 미꾸라지가 뛰더군요. 심지어 아무렇게나 생긴 망둥이마저 물고기로 보여서 그것들이 소중했습니다.

자라서, 그것도 한창 자라서 대학을 나온 뒤에 바다를 보았거든요. 그런데 웬일입니까? 바다가 그렇게 좋더군요. 거기에 무엇이고 있고 거기서 무얼 만들고, 거기를 거쳐 어디로 가는가 하는 지식이 있어서가 아닙니다. 그냥 산만 보다가 끝없이 확 트인 수평선이 좋더군요. 그리고 그 쪽빛, 간혹 밀려오는 하얀 파도, 그것들이 못 견디게 좋았습니다.

어형! 난생 처음 바다를 볼 때는 그냥 경이로웠지만 두 번, 세 번 보는 동안 내게도 바다가 낯익더군요.

글쎄 바다가 출렁이는 모양을 자세히 보노라면 파도의 높낮이와 파도의 희로애락, 파도의 금, 동그라미, 그 모든 것들이 내 평생 배불리 보았던 산의 모양과 기세와 다를 것이 없었습니다.

나는 그때부터 흙과 물의 형상이 같다는 생각이었습니다. 흙에는 산맥이 있고 물에는 파도가 있음을 알았고, 흙에 오곡 백과가 있듯이 바다에도 천태 만상의 물고기가 있다는 걸 알았습니다.

옛날 사람처럼 땅의 끝이 없다면 바다의 끝도 없는 법이요, 땅에 사방의 끝이 있다면 바다에도 4해의 끝이 있는 법이라고.

어형! 며칠 전 텔레비전에서 바다의 밑바닥이 땅 위의 쓰레기통처럼 썩어가는 사진을 보여주었습니다. 물론 놀랐습니다. 그런데 이 육지는 어떻습니까? 오염된 곳을 찾기보다는 아직 오염 안 된 곳을 찾기가 어렵게 되었습니다.

더 심각하게 말하면, 오염된 땅마저 너무 비좁아 못 살겠다는 아우성이 곧 쏟아질 것입니다. 그러니 어형에게는 기쁨일 수도, 위협일 수도 있겠지만, 이제 땅을 파먹고 사는 사람의 다음 싸움터는 별수 없이 바다란 사실입니다. 땅이 벌써 동이 난 겁니다.

그래서 바다는 땅의 연장입니다. 벌써부터 바다를 메워 땅을 늘리는 사람이 없지 않지만 머지않은 날, 높은 산은 평지되고 깊은 바다도 평지되어 살 겁니다.

옛날, 상전 벽해란 말이 바로 이거 아닙니까? 그런데 문제는 그러한 확장을 막아야 합니다. 물고기가 적어지고 물고기의 씨가 말라서가 아니라 생태계가 엉망진창이 되는 겁니다. 옛날처럼 심청이가 풍덩! 하고 빠져 죽은 인당수 같은 그 쪽빛을 볼 수 있을지 걱정입니다.

어형! 하늘만 빠끔히 보이는 두메에서 자란 사람의 갑갑한 소견입니다. 그토록 넓은 바다가, 설사 히말라야를 몽땅 깎아서 메운다 한들 상전으로 변할 리 있겠습니까? 바다는 끝까지 출렁이는 토지입니다. 씨를 뿌리지 않아도 온갖 생물이 자생하는 토지요, 비료를 주지 않아도 무럭무럭 자라는 땅입니다. 그것들만 잘 수확하시면 됩니다. 그러니까 어형은 천혜를 누리는 사람임을 잊지 말아야 합니다.

소풍길

박연구
수필가. 1934년 전남 담양 출생. 1963년 월간 《신세계》 수필 당선. 월간 《수필문학》 주간.
한국문인협회 이사. 계간 《한국수필》 편집인 역임. 현재 계간 《수필공원》 주간.
수필집 : 《바보네 가게》 《햇볕이 그리운 계절》《수필과 인생》 외.

'소풍' 이란 낱말을 국어사전에서는 이렇게 풀이하고 있다.

"답답한 마음을 풀기 위하여 바람을 쐬는 일."

나는 소풍삼아 책방 순례를 하기도 한다. 책방을 들르면 수필집 코너를 찾게 된다. 며칠 전에 책방을 들러 산 수필집의 '머리말' 에는 이런 대목이 있다.

"내가 만약 시끄러운 세상에 살면서 직업을 선택하게 됐다면, 청소차를 몰거나 기구를 만드는 목수일을 하게 됐을 것이다. 청소차를 몰고 다니면서 묵묵히 쓰레기를 치우는 사람들을 대하고 있으면, 절이나 교회에서 행하는 그 어떤 종교의식보다도 훨씬 신선하고 또한 거룩하게 느껴진다."

저자는 좋은 수필집을 내어 많은 독자를 가지고 있는 법정

法頂 스님인데, 인용한 대목을 찬찬히 음미해보니 스님의 수필 정신이 어떤 것인가를 짐작할 수 있을 것 같았다. 좋은 수필을 써서 사람들의 마음을 청정하게 하는 작업이야말로 청소차를 직접 운전하면서 거리의 쓰레기를 치우는 작업과 맥락을 같이하는 것이라고 보기 때문이다.

나는 소풍이란 낱말을 산책散策이란 낱말로 바꿔서 생각해볼까 한다. 왜냐하면 산책은 바로 수필과 통하는 말이어서 그렇다. 내가 '수필의 아버지' 처럼 존경하고 있는 금아琴兒 선생께서 "수필은 마음의 산책이다"라고 일찍이 〈수필〉이란 글에서 쓴 바도 있지만, 오늘날 한국의 수필가들이 쓰고 있는 서정 수필은 거의가 작자 자신의 내면 풍경을 그려놓은 것이라고 말해도 틀리지 않다고 생각한다. 그래서 내가 관여하고 있는 수필 잡지를 통해서 등단한 신예 수필가들이 동인지를 만든다고 하기에 그 제호를 '수필산책' 이라고 지어주기도 했다. 그 동인 수필집은 '발문' 에서 작가 정신이라 할까, 수필의 사회적 기여가 어떠해야 하는가를 분명하게 발언하고 있다.

"우리는 우리가 하는 문학 수업을 통해, 우선 우리 스스로가 맑아지고자 힘써 행하고, 그 맑아짐이 글로 표출되어 우리의 이웃이 더불어 맑아져야 한다는 그런 차원으로 승화되기를 바라는 마음인 것이다."

나는 아침이면 습관적으로 산책을 나간다. 흙을 밟으면서 동네 뒷산길을 걸어가면 마음도 상쾌해지게 마련이다. 그런데 그 산책길에 버려져 있는 담배꽁초, 빈 음료수병, 빈 과자봉지 등을 보게 되면 상쾌해진 마음이 금세 언짢아지는 것이다. 니체가 한 말이라고 기억하고 있는데, 그는 애국심의 초보는 집 앞의 쓰레기를 치우는 것부터 시작해야 한다고 역설한 것이다. 산책길의 쓰레기를 보고도 무심할 수 있는 사람은 어떤 사람일까? 그런데 내가 아침마다 목격한 바로는 그 많은 산책객들 중에서 쓰레기를 치우는 사람은 별로 보지 못했다는 사실이다. 아마 대부분의 산책객들은 맑은 공기를 호흡하면 되는 것이지, 쓰레기 따위 치우면서 기분을 망치고 싶지는 않다는 생각을 가지고 있는 것 같다. 나는 그들과 같은 생각을 가지고 있지 않다는 것을 말해야 될 것 같다.

내가 산책을 나갈 때는 한 가지 휴대하는 것이 있다. 담배꽁초나 깨진 유리병 조각 같은 것을 담을 수 있는 그릇이다. 아침 산책길에서 허리를 굽히며 쓰레기를 줍는 나의 모습을 상상해본다. 우선 나의 아내부터도 볼썽사납다고 산책길 동행을 거부하는 때도 있다. 어떤 사람은 갸륵한 행위로 보아서 하는 소린지 "수고하십니다" 하고 인사말을 하고 지나가기도 한다.

사실은 내가 무슨 환경 보호를 위해 모범을 보이기 위해서 그러는 건 아니다. 산책길에 쓰레기가 널려 있으면 일차적으로는 나 자신의 기분부터 언짢아지게 마련이다. 눈에 보이는 그것을 주워버리면 나의 기분부터 유쾌해지기 때문에 쓰레기를 줍는 행위는 나 자신을 위하는 일이며, 산책객 모두를 위하는 마음은 이차적인 것이라고 할 수 있다. 내가 수필을 쓰는 행위도 같은 맥락에서 얘기를 하면 될 것 같다.

나는 수시로 가슴이 답답한 증세를 경험하고 있다. 뭔가 자신이 쓸쓸하게 생각되고 억울하게 여겨질 때면 곧은 길처럼 줄이 죽죽 그어진 원고지 위에 나의 답답한 심정을 풀어내야 한다. 그러기에 내가 수필을 쓰는 행위는 일차적으로 나 자신을 구원하기 위해서다. 수필을 일러 '오나니슴 문학'이라고 비아냥거리는 소리를 듣게 될지라도 개의치 않는다. 내가 쓰는 수필이 독자에게도 구원이 될 수 있다면 얼마나 좋겠는가 하는 바람을 가지고 있다. 솔직히 말해서 수필이란 것이 일차적인 구원만에서 그친다면 수필가의 존재라는 것이 이 세상에 떳떳한 얼굴을 하고 서 있기는 어렵다고 생각한다.

소풍의 사전적 풀이의 두번째 뜻을 얘기할 차례가 된 것 같다. "학교에서 자연 관찰, 역사 유적 등을 견학하기 위해 먼 길을 다녀옴."

누구나 국민학교 시절 소풍을 다녀온 추억들을 지니고 있을 것이다. 꽃이 피고 새싹이 돋고 산새가 울고 나비가 나는 자연 현상을 관찰한 것, 신라 때 아니면 고려 때의 유적이 내 고장에 있다는 걸 직접 돌아보게 된 것, 어린 시절 소풍 가기 전날 밤 마음이 들떠서 잠을 설친 것이라든가 소풍 가서 보고 느낀 감상과 경이감은 뇌리에 또렷이 입력되게 마련인지 평생 동안 퇴색되지 않는다. 그래서 어린 시절 소풍 간 얘기를 쓰라면 소재가 빈곤해서 못 쓰겠다는 사람은 많지 않을 것이다.

나는 졸작 수필 〈외가만들기〉에서 나의 외가 얘기는 쓰지 않고 장차 내 외손주들의 외가가 되는 얘기를 쓰는 것으로 글빚을 갚은 바가 있다. 이 글에서도 내 어린 시절 소풍 얘기는 그만두고 장차 내 외손주들의 소풍길을 상상해보는 얘기를 쓰고 마칠까 한다.

우리 동네에는 고려 현종 때 창건한 진관사津寬寺라는 유명한 절이 있다. 인근 국민학교에서는 소풍 장소로 진관사를 꼽기도 한다. 뿐만 아니라 세종대왕의 아홉째 왕자로 알려진 화의군和義君의 묘도 가까운 곳에 위치하고 있다. 서울의 공해가 극심하다고는 해도 우리 동네는 예외라고 할 수 있을 정도로 공기가 맑아서 이사가지 않고 20년을 계속해서 살고 있는 중이다. 따라서 내 외손주들이 소풍 장소로 삼기에 조금도 손색이 없다고 생각한다. 현재 외손주들은 각각 영국과 독일에 살고 있다. 제 아비들의 해외 근무가 끝나거나 유학 공부가 마쳐져야 귀국하게 될 것이고 그때는 외가를 찾게 될 것이다. 외손주들의 소풍길이 아름다운 기억으로 남도록 하기 위해서라도, 나는 아침 산책길에서 깨진 병조각을 줍거나, 빈 과자봉지를 줍는 행위를 마다하지 않을 것이다.

2

그리운 흙냄새

어느 날 아침의 공상

정봉구
수필가 · 번역문학가. 1925년 경기도 화성 출생. 성균관대학교 불문과 · 동 대학원 졸업.
불어불문학회 회장 역임. 숭실대 교수 역임. 번역가협회 번역상 수상.
현재 한국수필문학진흥회 부회장. 수필집 : 《크로바의 회상》《영혼의 새벽》,
역서 : 《프랑스 콩트선》《에밀》《꼬르니으 영감의 비밀》 외.

날마다 맞이하는 아침인데, 아침은 언제나 새롭다. 그 새로움 속을 걷는 기분 역시 상쾌하다.

일상적인 습관이 된, 아침 산책인데 오늘은 유난히 내 마음이 불안하고 답답하다.

앞에 걷는 사람을 벌써 셋이나 따놓고 지나쳐 왔는데, 다시 또 그 앞의 사람까지 따놓아야만 되겠기 때문이다.

키가 큰 남자가 성큼성큼 빠른 걸음으로 걸어가며 연신 담배 연기를 뿜어댄다. 담배 연기를 피하려면 그 남자를 또 한 번 지나쳐야 할 판이다. 걸음을 늦추자니 뒤의 사람도 담배를 물었고 그 뒷사람도 담배를 물었다.

아침부터 웬 담배들을……. 나는 마음속으로 중얼대며 초안산 길목으로 접어들었다. 사실은 어제도 앞뒷사람들의 담배 연기를 피하다가 산길을 포기하고 천변 길로 갔었다.

중랑천 상류에 위치한 이 천변 뚝길은 위쪽 창동교에서 아래쪽 녹천교까지 간격 800미터 거리의 훌륭한 조깅 코스다.

그 길을 뛰면서 나는 항상 중랑천의 물을 바라본다. 때로는 창동교 난간에 서서 아래를 내려다보기도 한다. 그런데 저 물이 어째서 저렇게 시커멀까. 나는 늘 그것이 안타까웠다. 시커먼 물이 흘러 하상河床까지도 검은 바닥을 드러내고 있다.

만약, 저 물이 맑은 시내의 모습을 그대로 간직하고 있다면, 강바닥의 백사장은 얼마나 아름다울까. 도시 문화가 이 하천을 오염시키기 전, 옛날을 생각해본다. 어쩌면 녹천鹿川이란 명칭의 유래도 그 아름다운 물에서 비롯되었을 것 같다. '사슴들이 물을 마시던 시내' 였으니 얼마나 깨끗했겠는가.

지금까지 그 깨끗한 물이 그대로 흐른다면, 조깅을 마치고 나는 저 물에서 발과 손을 씻고 찬물에 머리를 식힌 후 백사장에 누워서 아름다운 삶을 꿈꾸었으련만……. 창동교 난간에 설 때마다 안타까움이 지나쳐서, 잔인한 공상으로 치닫는다.

저 강물을 오염시키고, 저렇게 시커먼 오수를 흘려 보내는 주범이 무엇일까? 물줄기를 거슬러 따라 올라가서, 그 더러운 물을 개천으로 방류한 사람을 붙잡아 그 물을 먹이자.

어제 아침에도 나는 그런 생각을 하였다. 그리고 그와 같은 공상 탓이었는지, 간밤에는 참으로 이상한 꿈을 꾸었다. 창동교에서 중랑천을 거슬러 얼마를 걸었는지, 나는 허덕허덕 힘이 빠져서 더 이상 걸음을 옮길 수가 없었다. 그런데도 검은 물줄기는 여전하였다. '대체 이 검은 물의 시작이 어딜까?' 생각하며 산구비를 도는데 갑자기 돌담 성채가 앞을 가로막았다. 그리고 검은 물이 그 돌담 성벽 밑에서 콸콸 쏟아져 나왔다.

이놈이 바로 저 더러운 물의 진원지로구나. 나는 서슴없이 돌담 성채 안으로 들어섰다. 그런데 이게 웬일인가, 생전 보지도 듣지도 못한 괴물들이, 그렇다, 꼭 침팬지 같이 생긴 놈들이 절구에서 무엇인가를 열심히 찧고 있었다. 그리고 검은 물은 그 절구 밑에서 계속 쏟아져 나왔다.

절구질을 하고 있는 수십 마리, 아니 수백 마리는 됨직한 침팬지들을 감독하던 고릴라같이 큰 침팬지가 내게로 다가왔다. 그러고는 다짜고짜로, 검은 물이 콸콸 쏟아지는 호스를 내 입으로 쑤셔넣으며, "옳지, 너 잘 만났다. 네가 이 검은 물을 나에게 다 먹여야 한다고 했다지!" 한다. 순간 나는 소스라쳐서 깨어 일어났다.

지금 길을 걸으며 담배를 피우는 사람들의 형상이, 나에게 호스를 물리려 한 그 사납던 고릴라 같은 생각이 들어서 몸서리가 쳐졌다. 초안산을 오르면서도 나는 계속 그 악몽의 광경을 되새겼다.

세계는 지금, 인류의 생존 존속을 위하여 깨끗한 지구의 보존과 그 환경보호를 외치고 있지만, 과연 우리는 그 과업을 달성할 수 있을까. 산길 여기저기에 버려진 비닐봉지며 깡통이며……. 이런저런 쓰레기들. 날마다 텔레비전의 화면을 통하여 고발되는 비양심적인 폐기물 처리의 서글픈 사례들을 어떻게 바로잡을 것인가.

백년 하청이라 했는데, 이 지구상의 온 인구가 한마음 한뜻이 되지 않는 한, 우주의 정화를 기대할 수는 없는 노릇이다.

하늘을 향하여 치솟은 큰 나무 밑에 잠깐 앉아 한숨을 돌려본다. '까악까악' 하고 까치 소리가 머리 위에서 들려왔다. 고개를 들고 보니 그 나무 꼭대기에 마침 까치집이 있었다.

우리의 지구가 이렇게 날로 오염되어 가다간, 저 까치인들 살아 남을 수가 있겠는가. 내려다보이는 산 아래 높은 굴뚝에서 치솟는 연기가 검은 연막을 치며 하늘을 덮는다. '까악까악' 다시 또 울어대는 까치 소리가 나의 불안을 대변하는 듯 걱정하는 소리로 들린다.

이 초안산만 해도 내가 처음으로 산책하기 시작하던 5년 전엔 더 깨끗하고 무성했었다. 그것이 하루하루 달라졌다. 여기저기 파헤치고 울타리를 세운 배드민턴장이 일고여덟 개나 생겼고, 오솔길은 어느새 신작로만큼이나 넓어진 채 사방팔방으로 뻗었다.

사람의 발자국만큼 독한 것이 없다는 생각이 든다. 오소리도 다람쥐도 뱀도 꿩도 수없이 산 속을 누비며 숲 속에 깃을 쳤을 텐데……. 어째서 그들의 흔적은 남은 것이 없고, 사람들 지나간 자리만 저렇게 자연을 훼손한 채 뚜렷할까.

깨끗한 공기를 마시며 아침의 신선함을 누리려고 오는 산인데, 사람들이 서로서로 그것을 아끼고 가꾸지 않고서야 하나밖에 없는 소중한 지구인들 보존할 수 있겠는가. 만에 하나, 지구상의 오존층이 무너진다면……. 나는 꿈이 아닌 현실로서의 가상을 엮어보며 오싹하는 한기를 느낀다.

그렇게 되는 불행을 우리는 미연에 막으며, 자연을 사랑하고 그것을 가꾸며 길러야 할 것이다. 나만 좋으면 되고, 나만 돈 벌면 그만이고, 나만 편하고, 나만 살찌고, 그저 무엇이든 나만…… 나만…… 나만 하다 보면, 어떻게 내가 살아 남겠는가.

'까악까악' 우는 저 까치 소리, '푸드덕, 꼬꼬옹' 하고 숲 속에 메아리치는 장끼, 까투리 소리. 그것들이 요란한 자연의 아름다움 속에서만 우리는 건강한 행복을 유지 보존할 수 있을 것이다.

눈을 들어 하늘을 바라본다. 파란 하늘 속으로 치솟은 나무 줄기 꼭대기 가지 위에 앙상한 둥지, 까치집이 구름과 함께 흔들리고 있다.

바다를 죽이는 자들에게

한승원
소설가. 1939년 전남 장흥 출생. 서라벌예술대학 문예창작과 졸업.
1968년 《대한일보》 신춘문예에 소설 〈목선木船〉 당선.
현대문학상, 이상문학상 수상. 소설집 : 《안개 바다》, 장편 《불의 딸》《아제아제 바라아제》,
수필집 : 《나무는 스스로 가지치기를 한다》《여자를 업고 간 남자 버리고 간 남자》 외.

태안 반도를 간 일이 있다. 안흥에서 인천 쪽으로 한 2킬로미터쯤 가면 버려진 간척지가 있다. 농사를 지으려고 섬과 섬 사이를 막아놓았는데 물이 없어서 농사를 짓지 못한 것이다. 그 사이에 몇 사람이 농사를 지어보려고 농로를 만들고 땅을 일구어 모포기를 꽂아보았지만 물이 넉넉하지를 못하여 실패를 한 것이다.

그때 나는 그곳의 한 섬으로 김 생산 활동 상황을 둘러보러 갔었다. 내가 탄 차는 그 버려진 간척지를 관통하여 달렸다. 길이 울퉁불퉁하여 차는 말 뛰듯이 뜀박질을 하였다.

버려진 간척지는 광활했다. 그 버려진 땅은 죽어 있었다. 바닷물이 들어오지를 않으니 개펄에 살던 조개나 게 무리는

다 죽었을 터이고 해조류는 자랄 수가 없게 되었다. 그렇다고 논밭이 된 것도 아니었다. 야산같이 풀들이 무성하게 자란 것도 아니었다. 그야말로 아름다운 국토를 망쳐놓은 것이었다. 그 길을 관통해 가면서 나는 국토 훼손죄는 없을까 하고 생각했다.

그 간척지를 조성한 사람들은 처음엔 금강 물을 끌어들일 심산이었는데 뜻같이 되지 않았는지도 모른다. 뜻같이 되지도 않을 일을 왜 억지로 해서 그같이 땅만 망쳐놓았단 말인가. 이 망쳐진 바다에서 살던 어민들은 어찌 되었을 것인가. 삶의 터전을 잃고 어디론가 흘러갔을 것이다.

또 나는 아산만엘 가보았다. 바다 한가운데로 길이 나 있었다. 한데 길 안쪽의 드넓은 바다(육지 쪽으로 동강난 바다)는 죽어 있었다. 비닐종이나 쓰레기들이 떠다니고, 시커멓게 죽어 출렁거리는 바다를 보면서 나는 생각했다.

'왜 이렇게 무책임하게 국토 개발을 하는 것인가.'

얼마 전에 정부는 '18억 평을 매립하여 국토를 확장한다'고 발표했다. 이 계획 면적은 전 국토의 약 6%에 해당하는 크기다. 정부는 오는 4월까지 해안선에서 3해리 이내의 거리에 수심 20미터까지의 매립이 가능한 해면 중에서 매립 대상지를 선정하고, 오는 6월 말까지 관계 부처와 협의를 거쳐 매립지를 확정할 방침인 모양이다.

계획은 그럴 듯하다. 조력 발전소를 세운다고 하고, 매립지 공업배후 도시를 건설한다고 하고, 항만을 조성한다고 하고, 관광 휴양지를 만든다고 하고, 석유 비축 기지를 만든다고 하고, 화력 발전소, 원자력 발전소를 만든다고 한다. 물론 그 계획 속에는 절대적으로 수자원을 보전하는 지역을 둔다는 것도 들어 있기는 하다.

이 엄청난 일이 어떤 의미에서는 긍정적으로 평가될 수도 있으리라. 국토의 효율적인 이용과 당분간의 경제적인 차원에서는 바람직하다고 보는 사람들이 있을 것이다.

그러나 이것을 나는 우려한다. 정부는 매우 좁고 짧은 안목으로 국토 개발을 하려 하고 있는 것이다.

우리 땅은 삼면이 바다로 둘러싸여 있다. 동해안은 깊은 바다요, 서해안은 상대적으로 얕은 바다다. 남해안은 동해와 서해의 중간쯤 되는 깊지도 얕지도 않은 바다다. 동해안은 깊은 바다를 이용하고, 서해안은 얕은 바다를 이용하고, 남해안은 깊지도 얕지도 않은 바다를 이용해야 한다.

어찌하여 바다를 매립하여 쓸 생각만 하는 것인가. 바다는 천혜의 보고다. 그것을 제대로 이용을 못 해서 안타깝다. 밀물이 지면 없어지고, 썰물이 지면 드러나는 개펄을 왜 없애려고만 하는가. 왜 수심 20미터 이내의 바다를 다 메워서 육지로 만들려고 하는 것인가. 왜 많은 돈과 인력을 소모시켜가면서 먼 바다의 고기는 잡을 줄 알면서, 가까운 얕은 바다에서 고기 양식을 국가적인 차원에서 대대적으로 발전시키려 하지를 않는가. 왜 천혜의 보고를 매립하려 하는가. 바다에 목숨을 걸고 살아온 어민들을 어디로 몰아내려고 하는 것인가.

우리 국토는 근대화가 몰고 온 산업주의로 말미암아 훼손될 대로 훼손되었다. 중금속에 오염되고, 산업 폐기물과 폐수에 덮여 썩어 가고 있다. 원자력 발전소의 냉각수로 말미암아 해수의 온도가 상승함으로써 해조류는 죽고 고기들이 도망가거나 죽는다.

굴에서 석유 냄새가 난다. 다른 조개들과 숭어 따위의 많은 고기들에서도 석유 냄새가 난다. 그것들이 어찌 해조류에만 오염이 되었겠는가. 오염된 그것을 먹은 사람들은 어찌 될까.

90년대로 들어선 우리들은 이제 산업주의의 망령에서 벗어나야 한다. 개발만 앞세움으로써 후손들한테 물려줄 조국 땅을 망쳐놓는 죄를 범하지 말아야 한다. 그야말로 이 땅의 모든 바다가 청정 해역이 될 수 있도록 보호해야 한다. 쌀이 남아돈다면서 왜 바다를 매립하여 농토를 만드는가. 어떠한 개발 명목으로든지, 천혜의 보고인 바다를 고기가 살지 않는 바다로 만들지 말아야 한다. 서해안의 개펄을 없애면 생태계가 무너지고, 고기들은 서해로 회유回遊하지 않는다. 바다는 바다로서 가치 있게 가꾸어야 한다.

연안 바다가 없어지면 생태계가 바뀐다. 갯벌밭에 살고 있는 미생물이나 잔 고기들이 없어지면 큰 고기들이 오지를 않는다. 큰 고기들이 오지 않는 그 바다, 두어 무엇 할 것인가, 어민들은 삶의 터전을 잃어버리고 도시로 나가고 마침내 도시 빈민이 된다.

육지의 사람들은 모든 것을 바다로 흘려보낸다. 바다가 죽어가고 있다. 선진국들은 바다에 눈을 돌리고들 있다. 예로부터 바다에 눈을 돌린 국가들은 바다 밖으로 진출을 했다. 해외 시장을 개척하여 재미들을 많이 보았다. 우리도 바다와 그 건너쪽에 대하여 관심을 가진 민족이었더라면 일본을 식민지로 삼았을지도 모른다. 필리핀 군도와 말레이시아나 인도네시아 따위를 넘보았을지도 모른다. 설사 그렇게 되지는 않았을지라도 일제의 식민지 노릇은 하지 않았을 터이다.

바다는 무궁 무진한 자원의 보고이다. 이제라도 늦지 않았다. 바다로 눈을 돌려야 한다. 고기 양식을 해야 한다. 해수와 바람을 이용한 발전을 해보아야 하고, 그 밑에 들어 있는 광물질을 캐내야 한다.

우리는 횟감들을 일본에서 수입해온다. 원래 수출을 하는 것은 우리 쪽이었다. 한데 이제는 거꾸로 우리 쪽에서 수입을 해오게 되었다.

바다에서 쓰는 모든 배들과 고기잡이 연모들을 일본에서 수입해온다. 하긴 일본의 기계들이 우리들의 그것보다 앞서 있지 않은 것들이 무엇 있으랴.

바다를 지켜야 하고 바다를 살려내야 한다. 공장의 폐수를 흘려 보내서 바다를 죽이기로 작정을 한다면 이제 거기에서 잡아 먹을 것들이 없어지게 된다.

고막도 죽고, 바지락, 게, 고둥, 소라, 전복들이 다 죽어 자빠진다. 김도 죽고, 파래도 죽고, 우뭇가사리도 죽는다. 톳도 죽고 청각도 죽는다. 숭어도 죽고, 농어도 죽고, 민어도 죽는다. 연어도 돌아오지 않는다. 혹시 살아 남은 고기들은 다른 나라의 바다로 도망칠지도 모른다.

머지않아서 바지락이나 고둥이나 전복이나 새우나 농어나 민어들을 수입해오게 될 것이다.

바다는 색깔이 파랗다고 해서 바다 구실을 하는 것은 아니다. 유독한 폐수를 흘려 보내서 거기 사는 생물체들이 모두 죽어버린 바다는 바다가 아니다. 해양 학자들이 나서야 한다. 연안 바다만을 전문적으로 연구하는 학자들이 나서야 할 때이다.

우리의 천혜의 바다를 무조건 메우려 하지만 말고, 메워서 공장 지대로 만들어 거기에서 폐수를 흘려 보냄으로써 바다를 죽이려 하지만 말고, 그 바다에서 금이 나오도록 보호하고 아껴야 한다.

삼면이 바다로 둘러싸여 있는 민족만이 가진 특이한 강점이 나타나도록 정책이 입안되어야 한다.

행복의 푸른 생활

류달영
농학자. 1911년 경기도 이천 출생. 수원고등농림학교 졸업. 서울대학교 농과대학 교수,
재건국민운동본부장,한국원예학회장 역임. 현재 성천문화재단 이사장.
수필집 : 《새 역사를 위하여》《인생 노트》《유토피아의 원시림》 외.

오늘의 한국을 세계 사람들은 한강의 기적이라고 한다. 그러나 일제치하 말기, 해방 직후와 더욱이 6 · 25 전쟁 때까지만 해도 우리 나라는 가장 비참한 거지의 나라로 알려졌었다.

일제시대에 농촌 사람들은 풀뿌리를 캐어 먹고 나무껍질을 벗겨 먹으면서 보릿고개를 넘기느라고 필사적이었다. 넉넉하다는 집들도 매일 아침은 꽁보리밥이었고, 저녁에는 반드시 멀건 죽이었다. 조반 석죽朝飯夕粥이라는 문자가 보편적으로 쓰여졌다. 해마다 각처에서 굶어 죽는 사람과 얼어 죽는 사람이 생겼다. 그것이 불과 4, 50년 전의 일이었다.

해방 후 한반도는 남북으로 쪼개지고, 38선에 70만 명의 군대를 묶어놓아야 했으며, 국방비는 정부 예산의 3분의 1이

넘었다.

이처럼 갖가지의 시련을 극복하면서 한국은 오늘날 세계 10대 무역국가로 부상하였고 국민 생활은 전고에 없이 윤택하게 되었다. 한강의 기적이라는 말이 누구에게도 어색하지 않다.

한국을 기적의 나라라고 할 때에 대개 사람들은 경제적인 면만을 생각하기 쉽다. 그러나 어떻게 국가 경제만이 단독으로 그런 기적을 이룰 수 있을 것인가? 경제 기적을 뒷받침하는 여러 부문의 기적이 수반되었던 것이다. 문맹률이 80%를 넘었던 이 나라가 이제는 대학진학률이 세계 제2위로 뛰어오른 것은 기적 중에서도 기적이라고 하겠다. 우리 국민 특유의 뜨거운 교육열의 성과이다.

다음은 가족계획 사업의 성공이다. 1960년 초기만 해도 우리 나라 인구의 자연증가율은 3.2%였다. 매년 대구시만한 인구가 누진적으로 증가하고 있었다. 그것이 오늘에는 0.9%로 선진국과 같은 비율이 되었다. 제2차 세계대전이 끝나고 여러 나라들이 독립했는데, 특히 인도, 파키스탄과 같은 수억의 인구를 가진 나라에서는 정부에 가족계획부를 두고 장관이 그 사업을 전담하고 있다. 그런데 그 당시 한국에서는 담당부서인 보사부의 한 과장이 가족계획 행정을 겸임하고 있었다. 장관이 가족계획을 전담하는 나라들은 막대한 인원과 재정을 투입했어도 별 효과가 없었는데, 한국만은 세계 가족계획사에 성공을 거둔 유일한 나라가 되었다. 이것도 기적이 아닐 수 없다.

더불어 강조하고 싶은 것이 국토녹화 사업이다. 일제 말기에는 온 국토에 쓰레기라는 것이 없었다. 산은 모두 빨간 북덕산이고 나무가 있는 곳이라도 낙엽이 거의 없었다. 사람들이 갈퀴로 긁고 비로 쓸어가기 때문이었다. 솔밭엘 가면 사람들이 나무에 올라가 소나무 가지를 몹시 흔들어댔다. 솔잎을 떨어뜨려서 비로 쓸어가자는 것이다. 솔잎이 땅에 떨어질 때까지도 기다리지 못하였다.

최근에는 가을에 추수를 하고 나면 볏짚을 그대로 논바닥에 깔고서 불을 질러 태워버리는 경우가 많다. 전에는 농민들이 겨울에 온돌방을 데울 땔감이 없어서 논에 가서 벼 그루터기를 호미로 일일이 파서 흙을 털어버리고 말렸다가 군불감으로 사용했었다.

이렇게 허했던 나라가 오늘에는 온 강산이 파랗게 바뀌었다. 해방 직후에 외국에 나갔다가 비행기를 타고 한반도 위를 날면 새빨간 강산이 처절한 모습을 드러냈었다. 두 눈을 감고 한숨을 내쉬게 되었다. 강한 자존심도 그 순간에는 삶은 파잎처럼 늘어졌다.

그 후 불과 50년, 한국의 강산은 어디나 새파랗게 변했다. 오늘, 임학자들은 한국의 산림녹화의 성과를 인류사에서 다시 찾아볼 수 없는 기적이라고 한다.

그 원인은, 무연탄을 연료로 널리 보급한 데도 있지만, 매년 식목일을 정하고 온 국민이 일손을 놓고 전국적으로 나무를 심어왔으며 또 산림녹화 계몽을 쉬지 않고 계속하여서 어린 나무들을 잘 가꾸어온 결과이다.

2차 대전 말기에는 일본인들이 전함을 만들기 위하여 전국의 좋은 산림과 마을의 정자나무까지 모두 베어 갔고, 6 · 25 전쟁 때에는 또다시 군인들과 피난민들이 나무를 마구 베어 때고 팔아먹었다. 무법의 혼란기였기 때문이다.

5 · 16 군정이 시작되면서 거의 모든 산에 사람들이 들어가는 것을 막았다. '입산금지人山禁止'의 팻말이 산마다 세워져 있었다. 그리고 한때는 농촌에서 갈퀴를 걷어서 없애버리기도 했었다.

일제시대에는 산에서 풀을 베고 낙엽을 긁어가도록 허용했었으나 나뭇가지를 베는 것은 엄금했었다. 나무 밑에 썩는 낙엽이 없어져 땅이 너무 척박해서 나무가 도무지 자라지 못했었다. 해방 후의 산림 행정은 이와는 정반대로, 잘 자란 소나무의 가지를 쳐가는 것은 허락했으나 풀을 베거나 낙엽을 긁는 것은 엄금했었다. 땅을 거름하자는 것이다. 이것은 일본인의 산림행정보다 앞선 정책이었다.

이처럼 열심히 나무를 심고 가꾸는 동안에 나무들이 클 고비에 들어서자 무럭무럭 자랐다. 대부분의 산은 밀림이 되어서 들어갈 수가 없게 되었다. 마을 사람들에게 공짜로 임목을 간벌해가라고 해도 손대는 사람이 없게 되었다. 전에는 나무 도벌을 막기 위해서 밤에도 순번으로 순시를 했었다. 참으로 격세의 느낌이 없지 않다.

초여름이 되면 전국 각지에 아카시아 꽃이 피어서 꽃동산을 이루고, 양봉하는 사람들은 제주도에서부터 북쪽으로 벌통을 트럭에 싣고 이동하면서 꿀을 딴다. 막대한 양의 채밀이다. 어떤 사람들은 아카시아 나무를 가시가 많다고 원수처럼 여기기도 하지만 아카시아처럼 잘 자라고 밀원이 풍부하며 또 나무질이 단단한 수종이 없다. 콩과 식물이기 때문에 뿌리의 근류균에 의해서 제 힘으로 잘 자라는 나무다. 또 어린 나무에는 가시가 몹시 많지만, 크게 자라면 그 가시가 모두 없어진다. 지금도 우마차의 바퀴는 모두 아카시아 목재로 만든다. 단단하고 탄력이 좋기 때문이다.

6 · 25 전쟁 때에 미군들이 버린 맥주 깡통을 한국인들이 주워다가 재떨이, 세숫대야, 쓰레받기는 물론, 슬레이트 대용으로 지붕덮개까지 만들어서 사용했다. 이것을 본 미국인들이 감탄하여 한때 화젯거리가 되기도 하였다. 그리하여 전국에서 쓰레기를 볼 수 없는 나라였다. 그런데 오늘에는 그와 반대로 도처에서 쓰레기를 처분하지 못하여 골치를 앓는 실정이다.

대도시 근교에는, 높은 산들까지도 주말에는 서울의 남대문 시장처럼 등산인들로 붐빈다. 그런데 그처럼 애써 가꾸어 놓은 푸른 산림을 오늘엔 등산인들이 두엄자리로 만들어가고 있다. 산을 깨끗이 하자는 운동이 각처에서 일어나야 하겠고, 또 산림을 아끼고 사랑하는 정신이 보편화되어야 하겠다.

우리 모두가, 아름다운 산과 맑은 물을 쉬지 않고 가꾸고 보존하는 데 남다른 노력을 해야 하겠다. 어려움을 무릅쓰고 이룩해놓은 녹화의 기적을 우리는 자랑스러운 제2의 기적으로 승화하기에 뜻을 모아 힘써야 하겠다.

건강한 자연은 곧 나의 건강과 직결되는 것이다.

인간은 자연의 산물이기 때문에 자연에서 멀어지거나 병든 자연 속에 살면서는 행복을 소유할 수가 없다. 아름다운 역사는 인간의 작품이다.

세계에서 가장 아름다운 푸른 강산을 우리 손으로 가꾸어 모두 다 행복의 푸른 생활을 누리자.

초당림草堂林

차범석
극작가 · 서울예전 교수. 1924년 전남 목포 출생. 연세대 영문과 졸업. 1955년 《조선일보》 신춘문예 당선. 극단 '산하' 대표, 연극협회 이사장, 청주대 예술대학장 역임. 현재 대한민국 예술원 회원. 희곡집 : 《껍질이 깨지는 아픔 없이는》《대리인》《환상여행》《산불》《식민지의 아침》, 평론집 : 《동시대의 연극 인식》 외.

아파트 거실에 앉아 있노라면 바로 턱 아래로 정원이 내려다 보인다. 상록수와 낙엽수가 적절하게 섞이어 조경이 되어 있어서 사시절 푸르름을 보게 되니 그 나무를 내려다보는 게 나의 일과 가운데 하나가 된 셈이다.

나는 나무를 보고 있으면 하나의 생명감을 느끼는 버릇이 있다. 야들야들한 떡잎에서부터 윤기가 자르르 흐르는 신록의 계절을 거쳐 6월의 문턱에 들어서면, 푸르다 못해 검실검실한 진초록으로 자라나는 나무의 표정은 바로 다정한 친구 같기도 하고 애인같이 사랑스럽기만 하다. '저토록 말없이 자라나는 나무처럼 사람도 그렇게 살았으면 좋겠다' 하고 하루에도 몇 차례씩 그 나무를 내려다보면서 시간을 보낸다.

그런데 나는 최근에 하나의 충격적인 광경을 눈앞에 보았다.

정말 이 세상에는 그 나무처럼 살아가는 인생이 있음을 체험했기 때문이다. 비가 오나 눈이 오나, 볕이 드나 바람이 부나, 그 온갖 것을 받아들이고 견디면서도 묵묵히 허공을 향하여 쭉쭉 뻗어나가는 그런 나무인생을 만난 것이다.

지난 봄, 나는 내년에 고향 근처에 새로 대학을 세우기로 뜻을 세운 김 회장과 동행하여 시골에 내려갔었다. 용건은, 새로 세우기로 한 대학의 교가敎歌 가사를 써달라는 의뢰를 받고 현지 답사를 위해 내려간 길이었다.

세칭, 동학골로 불리는 수만여 평의 야산에는 이미 백제여자상업고등학교가 얌전하게 들어앉아 있었다. 대학은 그 아래 대지에 자리하게 되며 이미 새 교사의 건축사업이 진행 중이었다. 나는 김 회장의 설명과 앞으로의 포부를 소상히 들으면서 어렴풋이나마 시상詩想이 가물거리는 걸 느낄 수가 있었다.

"숙소를 호텔로 정할까 했는데 일방적으로 우리 산장으로 정했습니다. 모처럼 시골에 내려오셨으니 산중에서 조용히 쉬었다 올라가시죠."

김 회장님의 낮고 부드러운 음성이 봄바람처럼 나를 즐겁게 해주었다. 각박하고 복잡한 도시생활에 쫓기며 살아가는 나에게 하룻밤의 휴식을 위하여 산장을 내주겠다는 배려가 그저 고마울 뿐이었다. 차로 한 시간쯤 가다가 월출산을 지나 좌편으로 꺾어들었다. 김 회장은 거기부터 자신의 소유라고 말문을 열었다. 산과 산이 포개듯 서로 업히는 골짝으로 들어가니 이미 속세와는 단절된 산중이었다. 그리고 그 면적이 30만 정보인데, 김 회장은 24년 전부터 그 헐벗은 산에다가 나무를 심고 가꾸어왔다는 것이다. 30만 정보 되는 그 면적이 어느 정도의 넓이인지 나는 미처 상상도 할 수가 없었다. 다만 이 산에다가 24년 동안 나무를 심어왔다는 그 시간의 길이는 금세 나를 충동질하고 있었다. 24년, 서울에서 이 산 속까지 내려와 나무를 심고 거름을 주고 가지를 치기 24년이란다. 대로변에 있었던들 더러 지나가는 길손들의 눈에도 띄게 되면 소문이라도 났으련만 전혀 단절된 공간 속에서 비가 오나 눈이 오나, 볕이 드나, 바람이 부나 묵묵히 나무를 심어오기 24년이란다. 투자를 해서 이윤을 남기는 일도 아닌데 그 많은 비용과 시간 그리고 노동을 24년 간 쏟아온 삶이란 도대체 무엇일까.

아니다. 24년 간 내가 살아온 삶의 궤적과 이 나무인생의 차이는 어디에 있는가가 문제일 게다.

나는 작품을 쓰고 공연을 하면서 사람들로부터 박수 갈채 받기를 원했던 게 분명하다. 그리고 가능하다면 그것이 하나의 금전적인 대가로 되돌아오기를 원했을 것이다. 그러나 그것들은 시간과 함께 사라져버렸거나 무엇 하나 남은 것이라곤 없는 꼴이 되었다. 굳이 말해서, 이른바 명성은 남았을지는 모르겠다. 신문이나 잡지에 글이 실리고 TV 화면에 얼굴이 비추어져서 이른바 널리 알려진 사람은 되었을지언정, 내가 이 세상에 남기고 가는 게 과연 무엇인가를 생각하니 그 황혼이 깔리기 시작한 산골의 그늘이 더욱 차갑게만 느껴지고 등이 시려왔다.

"저기 저 나무 보세요, 회목檜木이죠."

김 회장이 가리키는 전방에 울창한 숲이 보였다. 하늘을 향하여 직선으로 빼어 올라간 회목림은 흡사 원시림을 연상케 할 만큼 아름드리 나무로 자라고 있었다.

저토록 자라나기까지 24년이란다. 나는 24년 동안 얼마만큼 자랐을까. 산이 좋아 헐벗은 산을 사서, 나무가 좋아 나무를 심는 일로 24년을 보내온 한 나무인생에서 나는 또 하나의 인생을 발견하는 것이다.

차가 터널 같은 숲을 벗어나 산중턱에 이르자, 그곳은 활짝 시야가 트인 넓은 공간이었다. 그리고 공차기에 필요한 골대까지 세워져 있고, 한 계단 높은 자리에 현대식 2층 건물이 산그림자 속에서 나를 반기고 있었다. 그것이 산장이라고는 상상도 못했다. 나는 뱃속 깊숙이 맑은 공기를 들이마셨다가 내뱉기를 여러 차례 거듭하면서 주변을 돌아다보았다. 저만치 높이가 4미터는 족히 될 자연석에 '초당림草堂林'이라고 세 글자가 새겨져 있었다.

초당은 김 회장의 아호라고 했다. 그래서 장차 세워질 대학의 명칭도 초당대학으로 정할 작정이라는 김 회장의 말에서 나는 비로소 이 나무인생의 의미를 깨닫게 되었다.

씨를 뿌리면 거둬들인다고 한다. 그러나 씨를 뿌리고도 거둬들이는 일에도 아랑곳하지 않는 인생도 있다. 뿌린 씨에서 싹이 나고 자라서 하늘 높이 치솟는 나무가 거기 있는 것으로 만족하는 인생이 있다. 주고받고 그리고 보다 많은 부富를 가지려는 게 아니라 그 부를 자연에다 돌려주려는 인생도 있다.

죽어서 가져갈 것은 수의壽衣와 저승 노잣돈 몇 닢뿐인데 그 이상 무엇을 더 탐하겠는가. 하늘 아래 산이 있고, 산에는 푸른 나무가 심어져서 멀리서 가까이서 그 산을 바라보는 낙으로 살아가는 인생이 그 얼마나 소중한가를 나는 초당림에서 실감할 수가 있었다.

그날 밤 나를 위하여 베풀어진 푸짐한 음식과 술과 음악에 취하면서 나는 마음속으로 이렇게 중얼거리고 있었다.

"나무를 심자, 나무를 사랑하자. 이 풍요로운 6월의 하늘과 땅에 온통 푸르름으로 가득한 세상이 되게 하자"라고.

나는 오늘도 거실에 앉아 나무를 내려다본다. 간밤에 뿌리고 간 비에 씻긴 그 자태는 창포물에 감은 여인의 머리처럼 윤기가 흐른다.

이제 햇살이 뜨거워지면 저 나뭇잎은 또 축 늘어져 맥을 못 찾을지도 모른다. 그러나 그것은 일시적인 현상일 뿐이다. 그 뿌리에서 빨아들이는 지하수의 젖줄이 마르지 않는 한 그 나무는 결코 죽지 않는다. 초당림에 심어진 그 회목이, 지금은 사람이 돌봐주지 않아도 스스로 자라고 있을 그 모습이 문득 뇌리에 떠오른다. 이 세상 어딘가에 심어져 있는 수많은 생명들이 그렇게 나무처럼 살아가는 모습에서 나는 다시 용기를 얻어낼 것이다.

지구는 보복을 시작했다

이정림
수필가 · 번역문학가. 한국외국어대학교 · 중앙대학교 사회개발대학원 졸업.
1976년 한국일보 신춘문예 당선. 현대수필문학상 수상. 한국수필문학진흥회 회원.
수필집 : 《당신은 타인이어라》《산길이 보이는 창》, 역서 : 《어린 왕자》《팡세》 외.

며칠 전 조간 신문에서 이상한 사진 한 장을 보았다. 그런데 그것이 무엇을 찍은 것인지 언뜻 알아볼 수 없었던 것은, 눈에 아침잠이 매달려 있었던 탓만은 아니다.

3분의 2가, 시커먼 물감을 들이부어 놓은 듯이 컴컴한 그 사진을 유심히 들여다보면서, 처음에는 인쇄 효과가 좋지 않아 먹물이 번진 게 아닌가 생각되었다. 요즘은 컴퓨터 조판이라 옛날 식으로 신문을 찍어내지 않는다는 것을 알면서도, 납활자에 철커덕거리는 윤전기로 책을 만들던 시절의 내 구식 머리로는 얼른 그렇게밖에 생각할 수가 없었다.

그런데 그 사진이 예사롭지 않다는 것을 암시하고 있는 것은, 실려 있는 지면이 1면하고도 제호題號 바로 옆에 6단에 걸쳐 크게 다루어졌기 때문이다. 뭔지 알 수 없어 보기에 답답한 그 사진 밑에는 크지 않은 글씨로 " '먹물' 영산강 취수장"이라는 설명문이 붙어 있었다. 그제야 나는 그 사진이 죽어가고 있는 호남의 젖줄, 영산강의 하류를 찍은 것임을 알았다. 낙동강이 오염되어 영남이 식수난에 아우성을 친 일이 엊그제 같은데, 이제는 호남의 강이 또 죽어가고 있는 것이다.

그 동안 강물이 오염되었다고 매스컴에서 떠들썩하게 보도를 했어도 그 심각성을 실감치 못했는데, 그 사진의 물빛은 정말로 충격적이지 않을 수 없었다. 죽어가는 강과 호수. 이젠 그림같이 아름다운 호수는 어디에도 없다고 한 어느 환경학자의 글귀가 떠올랐다. 그리고 탄광촌 아이들이 그렸다는 하늘과 냇물도 바로 이런 빛깔이었을 것이라는 생각이 들었다.

낙동강의 오염으로 국민에게 사과까지 한 국무총리는 이번에도 현지에 내려가 그 실태를 직접 눈으로 살펴본다고 한다. 그러나 높으신 어른이 현지 시찰을 한번 다녀온다 하여 강물의 오염을 막을 수 있을까. 이런 일이 생길 때마다 환경청의 공식 발표는 언제나 천재天災를 앞세운다. 갈수기渴水期에 갑작스럽게 내린 비로 강가나 강바닥에 쌓인 오물이 강 위로 떠올라 오염 농도를 높였기 때문이라는 설명이다. 그러나 현지 주민과 전문가들의 말은 다르다. 비가 올 것을 예상한 일부 업소에서 폐수를 흘려 보냈기 때문이라는 것이다.

이 인식의 차이나 행정당국의 소홀한 감독에 대한 기사를 읽고 있자니, 1970년대 초의 일이 생각난다. 그 무렵 나는 어떤 여성단체에서 일을 하고 있었는데, 그때 미국 여성유권자연맹에서 회원 한 사람이 우리 단체를 찾아온 일이 있다. 그 미국 여성은 평범한 주부이나 환경문제에 관심을 갖게 된 사람으로서, 그 중요성을 일깨워주려고 우리 나라를 방문한 것이다. 그가 사는 동네에는 공장이 하나 있는데, 거기에서 나오는 그을음 때문에 빨래를 밖에 널어놓을 수가 없었다고 한다. 그래서 어느 날 일부러 들통에다 그을음을 받아보니 그 양이 엄청나다는 것을 알게 되었고, 그 들통을 시의회에 들고 나가 강력히 항의를 한 결과, 마침내는 국무성에 환경문제 전담 부서를 신설하도록 영향력을 미친 동기가 되었다는 것이다.

그 시절 우리 나라의 거국적 관심사는 자나깨나 '잘 살아보세'로, 경제개발을 최우선으로 꼽았다. 그런 정치적인 분위기 속에서 공장 열 개를 세우려 들지 말고 세 개라도 좋으니 완벽한 공해방지 시설을 갖춘 공장을 지으라는 이야기와, 자동차의 대수를 늘이는 게 중요한 것이 아니라 매연이 나오지 않도록 완전하게 장치를 하는 것에 더 큰 관심을 가져야 한다는 말이 우리에게는 정말 남의 일처럼만 들렸다. 그는 또 연기가 나오는 자동차에는 벌칙을 세게 적용하여, 벌금을 많이 내느니보다 차라리 매연방지 시설을 가동하는 편이 더 경제적으로 이익이 되도록 유도해야 한다고 구체적인 방안까지 제시해주었다.

그러나 환경에 대해 아무것도 모르는 사람들을 앞에 놓고, 경제발전을 하지 말라는 것이 아니라 선진국의 실패를 답습하지 말라는 것이라고 아무리 설명해주어도, 우리는 초가지붕을 슬레이트 지붕으로 바꾸는 '눈부신' 경제 성장에만 관심이 가 있었다. 그는 당신네들이 가지고 있는 이 맑은 공기, 이 깨끗한 물이 얼마나 값진 자원인가를 역설하고, 공해는 한 나라에만 그치는 것이 아니라 세계적인 것이므로 결코 남의 일이라 방심해서는 안 된다고 간곡히 말했다. 그는 서울에서의 강연을 마치고 지방으로 내려갔는데, 이 파란 눈의 손님이 무엇을 위해 우리 나라에 왔는지를 잘 이해하지 못하는 관리들은 굴뚝에서 검은 연기가 피어오르는 공장이 나란히 그려진 브리핑 차트를 넘겨가면서 자기 고장의 발전 계획만 자랑해 보이기에 여념이 없었다.

그때는 나 역시 우리 나라의 맑은 공기가 오염이 되고, 우리도 외국처럼 수질이 나빠져 생수를 사 먹게 되는 날이 오게 될 줄은 미처 몰랐다. 그런데 그로부터 20년이 지난 오늘, 그 연맹 회원이 그렇게도 열심히 말해주던 충고가 이렇게 현실로 나타날 줄 어찌 알았겠는가. 그러나 이 땅의 관리들은 아직도 환경운동가 앞에서 검은 연기가 피어오르는 공장의 숫자나 자랑하는 그 의식 수준을 벗어나지 못한 것 같다.

우리는 물이 좋고 햇살이 좋아 흰옷을 즐겨 입는 백의민족이다. 그리고 우리에게는, 길 가던 나그네가 목이 마르면 아무 데서나 엎드려 냇물을 움켜 마셔도 괜찮은 맑은 시냇물이 있었다. 물은 생명에 필요한 것이 아니라 생명 그 자체라고 생텍쥐페리는 《인간의 대지》에서 말했지만, 우리는 자연의 천혜天惠 속에서 그 고마움조차 모르고 살던 '무공해 민족' 이었다.

그러나 언제부터인지, 우리 귀에도 '환경' 이라는 단어가 들어오기 시작했다. 일부러 일러주어도 그 중요성을 모르던 우리가, 이제는 그것이 한 나라에만 국한한 문제가 아니라 참으로 지구적이고 우주적이라는 것에 늦게서나마 눈을 뜨기 시작한 것이다.

지구의 기온이 1도 올라가는 데에는 수억 년이 걸린다. 그런데 앞으로 50년 후에는 2도 내지 2.5도가 상승될 것이라고 과학자들은 내다본다. 이것은 대기권의 이산화탄소층이 두꺼워져 지구가 온실효과를 갖기 때문이라고 하는데, 이렇게 되면 생태계는 물론 인류 환경이 파괴되고 만다고 한다. 이 얼마나 전율할 일인가.

미국 위스콘신 주의 상원의원인 게이로드 넬슨은 1969년에 '지구의 날' 을 주창하면서 "병든 지구를 구하기 위해 전 세계가 함께 환경보호 윤리를 마련해야 한다. 인간이 환경파괴 전쟁을 즉시 멈추지 않으면 지구가 곧 보복할 것"이라고 경고하였다. 지구는 날로 더워가고, 오존층은 감소되어가며, 극지極地의 빙산과 빙하는 보이지 않게 조금씩 녹아가고 있다. 이런 속도로 자연이 파괴되다 보면, 기독교인들이 우려하는 종말終末도 먼 이야기만은 아니지 않겠는가. 지구는 우리 인간을 향해 정녕 그 보복을 시작한 것 같다.

지금 우리가 해야 할 일은, “비록 내일 세계의 종말이 온다 할지라도 나는 오늘 한 그루의 사과나무를 심으리라” 하던 스피노자의 말처럼, 이 지구상에 녹색 운동을 일으키는 일밖에는 없다. 자연과 인간은 공존해야 한다. 인간은 자연의 적이 아니라 자연의 친구가 되어야, 우리는 이 하나뿐인 지구를 살릴 수 있고 또 거기에 생존할 수 있게 되는 것이다.

이 땅, 이 하늘 그리고 우리 모두를 살리기 위해선 무엇을 해야 할 것인가. 그것을 생각하고 실천해나가야 할 시기를 이미 놓쳐버렸는데도, 아직도 강 건너 불처럼 생각하는 무지와 태만으로 해서, 지구는 이렇듯 하루하루 그 병이 깊어가고 있는 것이다.

태양, 대지 그리고 인간

김병규
법학자 · 동아대 명예교수. 1920년 경남 고성 출생. 동아대학교 부총장 역임.
수필집 : 《목탄으로 그린 인생론》《인생산책》 외.

몇 해 전 하루는 새벽에 잠이 오지 않아 무심코 라디오를 틀어놓고 일본의 방송을 듣고 있었다.

나가사키의 어느 고등학교 교장이 하는 이야기가 퍽 인상적이었다. 섬에 가서 천연기념물인 어떤 식물을 얻어와서 화분에 심어 매일 물을 주며 키웠다. 그러다가 어쩌다 물을 주는 걸 잊고 며칠 지나고 나니 그 식물은 기어코 말라 죽어 있었다.

그는 기가 찼다. 자기의 잘못으로 귀한 생명을 잃게 한 것이 크나큰 죄책감으로 그를 압박했다. "꼭 살려야겠는데……"라고 마음을 다짐했지만 별 도리가 없었다. 이런 사정을 털어놓았더니 어떤 사람이 그래도 한번 땅에 옮겨 심어

보라고 하더란다.

그런 대로 했더니 식물은 되살아났다고 한다. 죽은 듯하던 것이 거짓말처럼 소생했으니, 그는 두번 다시 물주기를 게을리하지 않기로 결심하고 애지중지 기른다고 하였다.

그러면서 그가 한 말이 큰 감명을 주었다. 대지의 위대함을 실감했다는 것이다. 대지는 생명의 원천이어서, 대지에 살던 것은 대지가 마지막까지 그 생명을 이어가도록 배려한다는 것을 절실히 느꼈다는 것이다.

그분은 결론적으로, 인간은 거창한 자연을 분모로 하여 그 위에 각자 자그마한 노력으로 분자가 되어 살아간다고 하였다. 이 말도 여간한 비중으로 나에게 다가오는 것이 아니었다.

아프리카의 기니아에서는 아이가 태어나면 뜰에 나무를 심는다고 한다. 아이가 소년이 되면 책임을 지고 그 나무 시중을 든다. 예컨대 망고나무를 심으면, 국민학생이 되면서 매일 망고나무에 물을 주게 한다. 그렇게 하면, 그것이 마치 자기의 분신처럼 여겨진다.

만일 망고의 열매가 익었는가를 알고 싶어 아직도 푸를 때 따면 아버지한테서 꾸중을 듣는다. "푸른 열매는 좀더 노력하여 너를 즐겁게 하려고 하고 있었는데……. 먹지도 못하고 버려진 망고의 슬픔의 소리를 들어두어라" 하고 아버지는 말한다. 나무도 인간과 같이 운다는 것이다. 따라서 나무를 슬프게 해서는 안 된다는 걸 깨닫는다.

드디어 열매가 익으면 아버지의 허가가 나오고 가족이 모두 함께 수확한다. 가족 모두가 자기의 나무를 갖고 있으므로 수확시에는 법석댄다. 나무에 오르는 사람도 아래서 받는 사람도 각각 역할 분담을 하여 서로 돕는 것이 저절로 몸에 배게 된다는 것이다.

이처럼 자연을 통한 생활 속에서 인간은 살아 있는 연대성과 동시에 살아 있는 완전성을 느낄 것이다. 거기에 자기 혼의 고립한 구원 따위를 바라는 일은 가능하지 않다.

오늘날 인간은 홍수와 같은 정보에 시달리고 있다. 그런데도 이 홍수는 진보의 심벌이며, 이것과 잘 어울리지 않으면 새로운 시대를 살아나갈 자격이 없다고 여겨지고 있다. 이런 강박 관념이 우릴 괴롭히고 있다.

우리는 TV의 글자와 영상 속에서 살아가고 있다. 이러한 것이 가져오는 소비와 성장과 안락의 세계 안에서, 일찍이 인류가 몸에 지니고 있었던 지혜를 떠내려 보내고, 평범하지만 조용하고 의의 있는 일상생활이 없어지고 말았다. 이리하여 진실로 소중한 정보는 없어져 해롭고 불필요한 사이비 정보가 판을 치는 시대가 되어버린 느낌마저 든다.

어두운 밤이 사라지고 별이 빛나는 하늘이 잊혀지고 인간이 자기 자신을 잃어버린 것을, 미국의 한 평론가(빌 매키벤)는 '정보상실' 이라고 이름 짓고 있다.

그는 산꼭대기에 텐트를 치고, 그 캠프에서 태양이, 달이, 비가, 새들이 제공해주는 정보를 접하며 살아간다.

그가 산길을 돌아가다가 보면 1미터쯤 앞에 한 마리의 곰이 자기처럼 멍청히 앉아 있는 것을 보기도 한단다.

이러한 동물에게 애정을 갖는 것은 이 세상이 인간만의 것이 아니라는 건전한 인식을 갖는 것이라고 그는 말한다. 그 말은 평이하면서도 설득력이 있다.

릴케의 시가 떠오른다.

> 아! 집이여, 목장의 사면이여, 저녁놀이여,
> 갑작스레 너는 거의 한 얼굴이 되어
> 우리에게 다가와 선다.
> 어깨와 어깨를 서로 안으며.

집과 목장과 아름다운 저녁놀을 한꺼번에 바라보면서 그것이 모두 하나가 되어 인간과 나란히 어깨를 겨누고 있는 풍경을 우리는 상상한다.

릴케는 연이어 읊는다.

> 모든 존재를 꿰뚫고 하나의 공간이 펼쳐지고 있다
> '세계 내면 공간世界內面空間' 이 우리의 안을 통과하여
> 새들이 조용히 날고 있다. 아, 내가 기지개를 켜

창문 밖을 내다보면 이미 내 속에 한 그루 나무가 자라고 있다.

여기에서는 세계가 우리의 바깥에 뻗어 있음과 동시에, 우리의 마음에 의하여 둘러싸여 우리의 안쪽에 존재하고 있는 것이 진술되고 있다. 거기에선 세계와 우리는 하나의 전체로 융합되어 있다. "새는 하늘 멀리 날고 있음과 동시에 우리의 안에서 날고 있다"는 것이다.

릴케는 만년에 스위스의 어떤 성곽에서 외로이 살면서, 천지 자연과 친화하면서 존재의 전적인 긍정에 이른 것이었다. "지상에 살아 있는 것이 그것만으로도 기적처럼 훌륭한 것"이라고 시인은 말하였다.

"우리가 바라는 것은, 허위이며 비유기적인 결합을, 더욱이 금전과 이어가는 결합을 쳐부수어, 우주 · 태양 · 대지와의 결합, 인류 · 국민 · 가족과 살아 있는 유기적인 결합을 다시 한번 이 세상에 세우는 데 있다. 먼저 태양과 함께 시작하는 것이 좋다. 그렇게 하면 다른 것은 서서히 따라올 것이다."

이것은 D.H. 로렌스가 한 말인데, 인간에게 진실로 있어야 할 참모습이 요약되어 있다. 태양과의 결합이 먼저 이루어지면 다른 것이 거기에 저절로 따른다는 것은 커다란 시사를 준다.

로렌스는 또한 "고대 문명의 세계가 우러러본 태양과 같은 것을 우리도 보고 있다고 생각한다면, 그것이야말로 큰 오산이다"라고 말한다. 고대의 사람들이 본 태양과 오늘 우리가 보는 태양은 다르다. 우리는 지금 태양을 잃고 살고 있다. 백주에도 형광등을 켜지 않으면 살아갈 수가 없을 만큼 그늘이 짙은 세계에서 살고 있다.

오늘날 우리에게서 유기적인 결합은 찾을 수가 없어져가고 있다. 모든 것은 붕괴되고 거기에선 생명을 발견할 수가 없다.

로렌스는 부르짖는다.

"우리는 살아서 육체의 안에 있으며, 생생한 실체로 되어 있는 우주의 일부라고 하는 환희에 도취하여야 할 것이 아닐까. 눈이 나의 신체의 일부이듯이, 나도 또한 태양의 일부인 것이다."

인간은 대지 위에 서서 태양을 이고 태양과 유기적인 결합을 이루어야 건전한 삶을 유지할 수 있을 것이다.

고향 가꾸기

류혜자
수필가. 충남 강경 출생. 동국대학교 국문과 · 동 대학원 졸업. 제4회 '현대수필문학상' 수상.
제29회 '한국문학상' 수상. 한국문인협회 회원. 현재 문화방송 라디오국 부장급 PD.
수필집 : 《세월의 옆모습》《어머니의 산울림》《절반은 그리움 절반은 바람》 외.

시간의 흐름이 직접 눈에는 보이지 않더라도 가까운 들이나 먼 산의 변화라든가, 밤하늘의 별자리를 바라보면 알 수 있던 때가 그리워진다.

보리밭 사잇길로 '사락사락' 보리이삭 스치는 소리를 들으며 걷노라면 '푸드덕' 종달새가 놀라 하늘 높이 치솟던 초여름을 지나, 과수원의 허술한 울타리 틈으로 푸른 나뭇잎 사이에서 솜털투성이 복숭아의 붉은 볼을 엿보며, 다가올 여름방학을 셈해보던 어린 날이었다.

수박과 참외가, 밍크 코트로 감싼 겨울 여인의 손에도 들려가는 사철과일이 되어버린 지금, 계절의 올찬 맛보다도 매끈하고 탐스럽게 가꾼 온갖 과일들이 사철 조명등 아래서 오만한 자태를 뽐내는 것을 보아온 지 오래. 속성 재배나 특수 작물로 그나마 피폐한 농촌의 수입원이 되는 것이 반가우면서도, 자연법칙을 거스르고 시간의 흐름을 역행하는 것 같아 씁쓸하다.

도회지에서도 저녁 무렵 평상平床에 누워서 하늘을 보면, 바람은 보이지 않더라도 구름이 달을 버리고 쏜살같이 흘러가버릴 때 우리 가슴은 허전했다. 그러나 남쪽 지평선 가까이에서 반짝반짝하면서 전갈 모양으로 하나씩 나타나던 전갈자리의 별을 찾아내며 신나게 여름방학 계획을 세울 수 있던 7월 하순.

북두칠성이나 카시오페이아 등 별자리는 그때처럼 반짝이고 있겠지만, 아황산가스와 먼지 등 스모그가 뒤덮여 우리와 차단된 지 오래지 않은가.

농촌을 찾아봐도 개울의 흐름도 없어지고 물살을 따라 쏜살같이 사라지던 물고기떼가 사라진 푸석푸석하고 밋밋해진 개울가에서, 공업화 산업화로 치닫는 우리네 경제 성장을 대견하게만 여기던 때가 있었던 것을 반성하고 싶다.

비가 온 뒤에 물이 불은 개울가에서 물고기떼를 쫓다가 허리를 펴고 먼 산을 보면 비안개가 걷히면서 신비로운 운무가 감돌던 초록빛 산마루.

지금도 소나기가 흠씬 내린 뒤, 도회지 아파트의 창문으로 들어오는 후끈한 풀냄새에 우리 또래는 어릴 적 고향의 푸르게 윤기나는 풍속도를 그려낼 만큼 넉넉한 추억을 갖고 있으리라.

누구에게나 어린 시절과 고향은 시간이 지나면서 즐거움으로만 회상된다. 비록 기와집에서 넉넉하게 살지 않았더라도, 양조장이나 과수원집 자녀가 아니었을지라도 미래를 화려하게 꿈꾸고 풍성한 소망을 가졌던 고향으로 기억한다. 아니, 기억해내려고 노력한다.

고향의 빈 논과 쓰레기만 쌓여 있는 보리밭 자리를 보며, 보리가 채 여물기도 전에 찐 보리로라도 연명하려고 산비탈까지 일궈서 보리농사를 짓던 조상들을 생각한다. 쌀도 남아도는 처지에 품삯도 안되는 보리농사를 짓는 농가가 없다는 얘기가 오래 전 소식인데도 마음은 보리죽도 못 먹은 속처럼 헛헛하기만 하다.

먼지만 풀풀 일고 쓰레기 냄새에 재채기를 하면서도 모깃불 태우던 한여름의 낭만어린 마당을 생각하는 것도 고향자랑일까.

모깃불 태우는 마당가의 멍석 위에서 옛날 이야기를 졸면서 들으면, 모깃불 연기 사이로 진짜 도깨비가 나타날 것 같은 두려움이 일었다. 깜빡 잠이 들었다가도 개구리 소리에 다시 깨어나 눈을 들어보면 저 건너 원두막의 호롱불이 진짜 '도깨비불인가' 하고 놀란 일도 있었다.

고향은 떠나와서 시간이 지나면 지날수록 가슴에서 빛나

게 바뀌지는 곳, 메마른 가슴끼리 치열하게 경쟁하고 공해에 시달려야 하는 삶의 골짜기에서 아! 하고 고함 대신 신음으로나 견디는 떠돌이임을 깨달을 때 돌아가 안길 수 있는 곳, 빈 그릇처럼 내돌려져서 볼품 없는 몰골이 되었을 때 더욱 아름다운 곳으로 채색되고 더욱 탄탄한 곳으로 재구성되는 낙원이 고향 아닐까.

하기야 고향은 싱그럽든 피폐했든, 부모를 선택할 수 없듯이 주어진 곳이어서 평가할 대상이 아니다. 산골 마을이거나 파도가 넘나드는 포구 마을, 아니면 시멘트 장벽이 가로막힌 도회지일지라도.

우리가 발을 디디고 있는 곳이,

"엄마야 누나야 강변 살자. 뜰에는 반짝이는 금모랫빛 뒷문 밖에는 갈잎의 노래. 엄마야 누나야 강변 살자"는 소월의 시詩 같지 않기 때문에 끝없이 고향에 대한 환상을 버릴 수 없고 가꿔야 한다.

지난날이 초라하거나 떳떳하지 못하다 해도 나의 과거이듯이, 맑은 산천, 기름진 옥토를 황폐하게 만든 죄과를 이 시대를 사는 사람들은 인정해야 한다.

과거와 미래를 이어줄 창조의 광장으로서 영원한 터전으로 살려야 할 고향. 모독과 수모로 억울할 때 남몰래 숨어서 오열할 수 있고, 참고 견디는 것의 소중함을 터득하여 의연

하게 다시 나올 수 있던 뒤안처럼 은밀한 곳.

비록 향기와 빛깔은 바랬을지라도 고향을 초라한 현실의 버팀목으로 여겨서 채우고 밝히고 가꿔야 한다.

시간의 흐름처럼, 바람의 방향처럼 직접 보이지는 않더라도 우리들 행방을 정해주고 진행하게 하는 원동력은 고향이라는 모태에서 비롯된 것.

병든 지구를 살려내는 길은 우선 저마다의 고향 가꾸기로부터 시작되어야 한다.

고향을 가꾸는 것은 공해의 독소를 뽑아내고 다시 살리는 것, 따라서 우리의 생각과 행동의 근원인 마음밭을 가꾸는 것과도 다르지 않을 것이다.

생명의 모체母體가 병들고 있다

신상철
수필가 · 경남대 교수. 1936년 경남 진해 출생. 서울대학교 사범대학,
동아대학교 대학원 졸업(문학 박사). 경남문인협회장 역임.
저서 : 《수필문학의 이론》, 수필집 : 《소리 없는 나팔수》《옛 생각 이제 생각》 외.

이른 아침 플라스틱 물통을 양손에다 들고 문을 나섰다. 아침의 맑은 공기가 사뭇 상쾌하다는 느낌을 갖게 한다. 문득 머리를 스치는 시구詩句 하나.

하늘이 하늘하늘 내려 앉는다.
바다가 받아받아 품에 안는다.

이는 어느 시인이 쓴 〈속옷〉이란 시의 1, 2행이다. 이 시의 몇 행 아래에 '먼 발치로 밀치는 하얀 속옷'이란 구절이 보인다. 관능적인 표현의 이 구절은 바다의 파도와 물보라를 이미지화한 것이지만, 그 전반적인 구조는 내려 앉는 하늘이

남성이요, 품에 안는 바다가 여성으로서, 이 두 원형이 정사를 하는 것으로 짜여져 있다.

바다는 대지의 한 부분이다. 따라서 대지는 거대한 여체라 할 수 있다. 이 여체에는 하천과 바다에 물이 있고 산과 들에 풀과 나무들이 자라고 있다.

사람도 이곳에서 나는 먹이들을 먹고 살다가 결국은 그 품으로 돌아가게 된다. 구약 창세기편을 보면 하느님께서 흙으로 사람을 빚어 만든 것으로 되어 있으니 사람의 생명이 흙과 깊은 관련이 있음을 시사해주는 것이라 여겨진다.

생명의 모태인 대지는 어머니처럼 정결한 것이다. 그런데 생명을 잉태하고 온갖 풀과 나무들을 성장시키는 이 모태, 지구는 지금 빠른 속도로 병들어가고 있다.

버스를 타고 가다 보면 산허리 여기저기를 잘라놓은 곳들을 발견하게 된다. 골프장을 만들기 위해 중장비를 동원해 산허리를 자른 것이다.

미국이나 호주 같은 나라는 구릉이나 평지에 골프장을 만들기 때문에 토질이 좋아 잔디가 잘 자라지만 우리는 그렇지 못해 화학비료를 많이 쓰고, 병충해를 구제하기 위해 독한 농약을 대량으로 사용하고 있다. 쏟아 부은 독한 농약 때문에 골프장에 개미도 없고 곤충들도 없다 한다.

경관이 좋은 강이나 바닷가에 이들 골프장이 놓여 있으니 이들이 토양을 오염시킴은 물론이요, 하천 또한 크게 더럽히고 있는 것이 오늘의 상황이다.

공장에서 나오는 산업 폐기물과 공장 폐수는 어떤가. 다소 개발이 지연되더라도 산업 폐기물과 공장 폐수의 방제시설을 갖추고 공장을 움직였어야 옳았을 텐데 이를 무시한 채 공장을 가동시켰으니 문제가 생길 것은 불을 보듯 뻔하지 않은가.

사후약방문 격으로 이제 와서 단속을 하게 되니 산업 폐기물은 밤에 몰래 인적이 드문 산야에 묻어버림으로써 토양을 오염시키고 산업 폐수는 사람의 눈을 피해 강으로 방류시킴으로써 하천을 오염시키고 있다. 낙동강의 페놀 사건, 영산강의 취수 중단 사건 등이 다 그로 인해 빚어진 결과가 아니겠는가.

한강을 비롯한 이 땅의 강들은 문자 그대로 겨레의 젖줄이다. 한강, 낙동강, 영산강, 금강이 다 오염이 되었으나 섬진강만은 아직은 괜찮은 것 같다.

하천을 오염시키는 산업 폐수는 중금속에 발암물질까지 있어 위험하기는 해도 그 오염의 주범은 아닌 모양이다.

그 주범은 바로 우리 자신이 쓰다 버리는 생활오수라 한다. 부엌과 싱크대에서 버리는 음식 찌꺼기와 각종 합성세제, 목욕탕과 욕조에서 씻어내는 때와 비눗물……. 이것들이 우리의 젖줄들을 크게 오염시키는 것이다.

우리보다 공업화가 먼저 되었고 공장이 많아도 훨씬 많은 이웃 나라 일본에 가보면 인구 50만 이하의 도시에서는 지금도 개천에 물고기가 놀고 있는 것을 볼 수 있다 한다.

우리는 사람이 사는 곳 어디에서고 피라미와 은어들이 유영하는 개천과 그 풍광을 잃은 지가 벌써 오래다. 정화 시설이 잘 되어 있지 못한 데서 빚어진 결과라 하니 안타까운 일이라고 하지 않을 수 없다.

물고기들이 떼죽음을 당하는 이 땅에 사람들이 안심하고 마실 물이 있을 리 있겠는가.

4대 강 수계 7개 정수장을 대상으로, 정수된 물의 수질을 조사한 결과 정수장 모두에서 발암물질인 디클로로메탄이 검출된 사실이 밝혀지면서 수돗물을 식수로 사용하는 사람들이 급격히 줄어들고 있다.

그래서 그런지 약수터와 지하수가 있는 곳에는 새벽부터 물 뜨는 사람들이 긴 행렬을 이루고 있다. 그러나 약수터나 지하수의 대부분도 오염이 되어 식수로는 부적합하다는 판정이 나오고 있으니 이 또한 뒷맛이 개운치가 않다.

그래도 수돗물보다야 낫겠지 하는 생각으로 그 행렬 속에 끼였다가 언덕을 내려서 오면 그 옆으로는 차를 가지고 온 사람들이 앞질러 달려가고 있다.

시내에 들어서면 차의 행렬은 더 많이 불어나 답답함을 느낄 정도다. 기름 한 방울 나지 않는 나라에 웬 차들은 이리도 많은지…….

공장의 굴뚝에서 뿜어나오는 연기에 차들의 배기통에서 나오는 매연이 지구를 둘러싸고 있는 대기를 더럽히고 있다. 지구의 온난현상도 이들 매연과 무관한 것이 아닐 것이다.

하루가 다르게 공기가 탁해서 숨막히는 세상을 실감하게 된다.

지구의 종말이 온다면 그것은 휴거에 의해서가 아니라 지구와 대기의 오염으로 인해 오게 될는지 모른다는 생각이 스쳐간다.

오늘 아침 식탁에 오르는 밥과 찬들은 오염된 토양과 바다에서 난 것들이니, 이 또한 얼마나 유익하고 얼마만큼 해한 것인지 모를 일이다.

유익한 것은 받아들이고 유해한 것은 물리칠 체내의 자정기능을 믿어볼 수밖에 없을 성싶다.

생명의 모체인 지구가 건강을 회복해야 거기에 붙어사는 우리들도 그 건강을 지켜갈 수 있을 것이다.

3
하나의 지구, 하나의 생명

까치고개의 개나리

김명렬
영문학자 · 서울대 교수. 서울대 영문과 · 미국 템플대 대학원 영문과 졸업.
논문 : 〈정치와 개인〉 〈모더니즘의 양면성〉,
역서 : 《재산가》 《타임머신》 《붉고 붉은 장미》 외.

사당동 네거리와 낙성대 입구 사이에 있는 언덕을 까치고개라고 한다. 나는 10여 년째 아침 저녁으로 이 고개를 넘어 다니고 있다. 내가 처음 이 고개를 넘어 출퇴근을 하기 시작했을 때만 해도 이 길은 노폭이 넓은 데다가 교통량이 별로 많지 않았기 때문에 휑하니 비어 보였고, 높은 데는 좋이 두세 길이 됨직한 회색 시멘트 옹벽이 양쪽에 버티고 서있고 그 위로 암반층이 벌겋게 드러나 있어서 전체적으로 꽤나 황량해 보였었다. 그러더니 누군가가 의사를 내어 옹벽 위에 개나리를 심었고, 그러자 경관이 상당히 달라졌다. 개나리나무의 푸르름이 삭막하던 그곳의 분위기를 한결 부드럽게 바꿔준 것이다.

그러나 정작 놀라운 효과는 이듬해 봄에 나타났다. 그 길을 왕래하는 대부분의 사람들이 아직 새봄을 실감하지 못하고 있던 때에, 아마 봄을 남 유달리 그리는 사람들조차도 주말에 어느 해바른 골짜기나 아늑한 시골 동네를 찾아가서 봄맞이를 해야겠다고 마음 먹고 있었을 때에, 남향한 옹벽 위에 줄지어 늘어선 개나리가 어느 날 아침 일제히 꽃망울을 터뜨렸다. 그것은 까치고개에 기적 같은 변화를 일으켰다. 개나리가 뿜어내는 햇빛보다 더 부드러운 광휘와 흐드러진 생기生氣는 암벽과 시멘트 담의 생경함을 일시에 흡수해버렸을 뿐만 아니라, 그 거친 것들을 보듬어 생명의 세계 속에 편입시켜준 것이다. 그래서 붉은 암벽은 꽃을 피우는 자연의 일부로 제자리를 찾게 되었고 회색 담도 꽃나무 울의 받침벽이 되었다. 그 날을 기해 까치고개에는 모든 것이 생명의 원리 안에 어우러지게 되었다.

이 같은 변화는 물론 지나가는 사람들에게도 커다란 기쁨과 위안을 주었다. 맑은 아침 햇살을 받아 눈부시게 빛나는 개나리는 행인들의 마음속에 남아 있는 겨울의 잔재를 말끔히 씻어내고 그 자리에 봄의 활력을 가득히 채워주었다. 그리고 사람들은 생기찬 까치고개의 경관을 보면서 우리의 삶이 크게 빗나가고 있지 않다고 안도할 수 있었다. 산을 잘라 바위를 드러내고 시멘트를 발라 물과 토사를 막았어도 그것이 대자연의 생명력을 크게 손상시킨 것은 아닌 것이 분명했기 때문이었다. 다시 말해서 상처같이 드러난 붉은 바위 속에도, 시멘트 벽 뒤에도 생명의 기운이 살아 있음을 확인한 것이다. 그러기에 아직은 노력만 하면 도시와 자연이 연결될 수 있다고 생각되었다.

개나리나무는 꽃이 진 후에도 왕성한 생명력으로 까치고개에 군림했다. 그 나무들은 싱싱한 줄기에 푸른 잎사귀를 달고 무성히 자랐고, 스스로의 무게를 못 이겨 아래로 처져 내리면서 그 높은 옹벽을 거의 다 녹음으로 가려주었다. 미풍이라도 불라치면 처져 내린 가지들은 커다란 녹색의 장막같이 너울거렸다. 그러나 개나리가 생명을 가장 아름답게 구가하기는 역시 꽃이 만개한 때였다. 그래서 해마다 겨울이 지나고 햇볕이 두꺼워지기 시작하면 그 생명의 향연을 조바심 내며 기다리게 되었고, 또 해마다 어느 봄날 아침이면 어김없이 그 기다림이 예상했던 것보다 더 큰 환희로 보답되었다.

그러더니 5, 6년 전부터는 고갯길의 풍경이 급속히 달라졌다. 우선 버스를 타고 그 고개를 넘나들던 사람들이 거의 다 자가용을 몰고 다니게 되었다. 그러자 그 청청하던 개나리의 줄기와 잎새들이 연탄가루를 뒤집어쓴 듯이 까맣게 착색되기 시작했다. 장마 비에 씻기고 난 다음에는 조금 제 빛을 다시 찾는 듯 싶었지만, 비 갠 지 며칠 후면 이내 다시 까매졌다. 또 가을이 되기도 전에 잎이 시들어 떨어졌고, 잎이 진

줄기는 삭정갱이같이 회색빛으로 말라버렸다. 포도 가까이까지 치렁치렁 늘어졌던 가지들이 끝에서부터 죽어 떨어져 나가면서 길이가 짧아졌다. 그나마도 가지 수가 자꾸 줄어 나무 다발은 해마다 더 성기어갔다. 반면에 회색 옹벽은 점점 더 크게 드러나기 시작했다. 겨울이 되어 새까맣고 앙상해진 가지들이 철사줄처럼 바람에 휘날릴 때에는 도저히 그 속에 생명이 다시 맥동할 수 있을 것 같아 보이지 않았다.

그래서 근년에는 봄이 오면 고개 마루에 벌어질 산뜻한 꽃잔치를 기다려서가 아니라 과연 꽃이 다시 피어날까 걱정이 되어서 마음을 졸이게 되었다. 그래도 때가 되면 개나리는 다시 피었다. 그러나 그 수와 크기는 갈수록 줄었고, 피어서도 며칠 가지 못하고 이내 시들어버렸다. 무엇보다도 그 색깔이 흉하게 변했다. 우리의 가슴속까지 환하게 밝혀주던 옛날의 그 밝고 화사한 빛깔은 간 데 없고, 점점 더 생기 없고 지저분한 칙칙한 빛깔로 바뀌어갔다. 그리하여 이제 까치고개의 개나리꽃은 더 이상 빛으로 뿜어나오는 환희의 합창이 아니라 소리 없는 고통의 절규가 되어버렸다.

까치고개의 경관이 10여 년 사이에 이렇게 달라졌다. 겉으로 보기에 그것은 흔해빠진 꽃나무 몇 그루가 죽어가는 것에 지나지 않는 변화이다. 그러나 조금만 더 깊이 들여다보면 그것은 그 사이에 세상이 달라졌음을 말해주는 것이다. 10여 년 전에는 조그마한 노력으로도 도심에서 생명의 향연을 열

수 있었다. 그럴 수 있었던 것은 자연의 생명력이 우리 곁에 있었기 때문이었다. 그래서 현명한 사람 몇 명이 그 힘을 끌어들여 이용하면 만인에게 무한한 시혜를 할 수 있었다. 그때는 기적을 만들 수 있던 세상이었다. 그러나 이제는 갸륵한 뜻을 가진 사람 몇 명이 아무리 애를 쓰더라도 까치고개에 다시 건강한 생명력을 돌려올 수 없는 세상이 된 것이다.

까치고개에 이처럼 엄청난 변화가 일어나고 있지만, 그곳을 지나는 사람들은 그것에 아랑곳하지 않는다. 첫째, 그들은 꽃을 볼 여유가 없다. 차들이 하도 바투 붙어가고 있어서 한눈을 팔았다가는 당장 앞차와 부딪칠 것이기 때문이다. 게다가 그들은 거리에 핀 꽃 같은 것에는 이미 관심이 없다. 그러니 죽어가는 꽃들의 절규가 그들에게 들릴 리 없다. 그들에게는 오직 안락하고 깨끗한 자기 차의 실내만이 소중할 뿐이다. 그래서 모두 창문을 꼭꼭 닫고 자기만의 폐쇄된 공간에 앉아 앞을 내다보고 있다. 권태롭고 지친 눈빛으로 앞차의 뒷부분만을 응시하면서 레밍Lemming이라는 북구의 설치류같이 앞차를 따라 끝없이 어디론가 몰려가고 있을 뿐이다.

자연을 사랑하자

김동길
철학자. 1928년 평남 맹산 출생. 연희대 영문과 졸업. 미국 에반스 빌 대학 사학과 졸업.
연세대 부총장 역임. 현재 국민당 대표.
저서 : 《길은 우리 앞에 있다》《대통령의 웃음》《끝이 없는 이 길을》 외.

자연과 인간은 불가분의 관계에 있습니다. 어떤 의미에서는 인간도 자연의 일부이고, 또 자연 없이는 못 사는 게 인간이라는 동물이라고 할 수 있겠습니다.

요새 우리 자연이 자꾸 훼손되어가는데, "조상이 물려준 자연을 이렇게 망가뜨리면 어떻게 하느냐" 하는 지적이 나오면서 이 문제들이 심각하게 다뤄지고 있습니다. 그래서 오늘은 '자연을 사랑하자' 라는 주제를 가지고 함께 생각해보도록 하겠습니다.

우리들 옛 선비 중에 이런 시를 한 수 읊은 이가 있습니다.

청산도 절로절로 녹수도 절로절로

산 절로 수 절로 산수간에 나도 절로
이 중에 절로 난 몸이 늙기조차 절로 하니

역시 조상의 멋은 물려받은 자연을 백 퍼센트 살리면서 한평생을 살아가는 데 있는 것 같습니다. 그런데 요새 와서는 산도 저절로 그대로 있는 것이 아니고, 물도 저절로 그대로 있는 것이 아니고, 모든 것이 파괴되어간다고 탄식을 안 할 수가 없습니다.

근자에 한려수도가 망가지고 있다는 문제로 떠들썩한데 이것은 심각한 문제라고 느껴집니다. 한려수도를 한번이라도 가본 사람은 그 아름다움에 감탄할 것입니다. 어떤 사람들은 "이게 나폴리보다 낫지 않느냐?"는 말을 합니다. 그 풍경이 아름답기 때문에 그대로 놔두기만 하면 우리 역시 후손에게 물려줄 수 있는 재산을 가진 민족이라고 자부할 수 있겠죠.

세계 어디를 봐도 아름다운 경치를 가지고 그것을 자랑삼아 간직할 뿐만 아니라 그것이 계기가 되어 먹고 사는 것을 해결하는 민족들이 많이 있습니다. 우리는 천연지하자원이 보잘것없는 민족이지만 조상이 물려준 산수가 아름답기 때문에 이것을 근거로 세계의 많은 사람들이 피로에 젖었을 때 와서 쉴 수 있고, 또 여기에서 많은 국제적인 회의도 하면서 열심히 미래를 구상할 수 있는 좋은 곳이라고 생각합니다.

그런데 지금 근대화에 눈이 어두운 사람들이 민족의 먼 미래를 내다보지 않고 우선 돈버는 데 눈이 어두워서 조상이 물려준 자연을 다 파괴한다면 우리 후손들은 무엇을 가지고 살 수 있겠습니까?

거듭 말씀드리지만 자연과 인생은 끊을 수 없습니다. 우리가 산다는 것은 자연 없이는 불가능합니다. 세계를 둘러보아 석유가 펑펑 쏟아진다는 중동의 여러 나라들을 보세요. 온통 사막이에요. 사막에서 석유가 나와서 GNP가 무지 올라간다 하더라도 우리에게 그 사막에 가서 살고 싶으냐 하면, 오히려 우리 조국의 산천이 아름다운 곳에서 가난하게 사는 것이 좋겠다는 말을 안 할 수 없을 만큼 역시 우리에게 주어진 자연환경은 아름답습니다.

최근에 영국을 둘러보고 놀란 일이 있습니다. 종전에야 영국에 가도 큰 도시나 둘러봤지 농촌을 볼 기회가 있습니까? 그래서 이번에는 특별히 시간을 내서 영국의 농촌들을 둘러보니까 역시 영국은 위대한 나라구나 하는 것을 느낄 수 있었습니다. 사실 영국이 산업혁명에서 주도적 역할을 담당한 나라 아닙니까? 그래서 산업화가 됐는데 그 산업화를 우리처럼 빨리 해치우지 않고 오랜 세월을 두고 천천히 했기 때문에 농촌은 농촌대로의 자연을 다 간직하고 있는 것 아니겠습니까? 그게 그렇게 부러울 수가 없었습니다.

우리야 갑자기 단시일 내에, 20년, 30년 만에 근대화, 공업화를 빨리빨리 해치우니까 어떻게 농촌이 도시를 이깁니까? 그저 농촌이 없는 나라가 우리 나라가 아닙니까? 얼마나 생각을 잘못했는지.

시골에 초가집들이 있는 것을 싹 없애자 하는 것이 새마을 운동의 중요한 부분이었습니다. 초가를 다 벗기고 거기에다 슬레이트를 얹어서 빨간 칠도 하고 푸른 칠도 하고 원색을 칠해서, 멀리서 보면 한국인가 아니면 유럽인가 하는 착각을 가지게 하는 경우도 있었습니다.

그렇지만 그게 절대로 잘하는 것이 아니에요. 순서를 따라서 자연을 그대로 두고 근대화를 했다면 남아 있을 것은 그대로 남아 있고 사라질 것은 사라졌을 겁니다. 고칠 것은 고치고 그대로 둬야 할 것은 두고 해야 할 것 아니겠어요.

영국을 보고 느낀 것은 농촌이 그대로 수백 년의 전통을 간직하고 있다는 것입니다. 만일 밀이나 보리농사를 지어서 도저히 산업화 과정에서 먹고 살 수가 없다면 농촌 사람들은 그 땅을 그대로 가지고 목축을 하는 것이죠. 거기에서 고기나 가죽을 내다 팔고 또 치즈니 버터니 하는 것을 만들면서 살아온 것입니다. 그렇게 농촌이 그대로 있기 때문에 집 하나도 애초에 단단하게 지었을 뿐만 아니라 수백 년 동안 꽃을 심고 가꾸어서 그 아름다움은 비길 데가 없습니다.

또 영국의 농촌들을 둘러보면서 느낀 것은, 이게 전부 골프장이 아닌가 하는 것입니다. 나는 골프채를 잡아본 일은 없지만 골프장이 자연스러워야 할 텐데 우리 나라 형편을 보면, 험한 산에다 골프장을 만들었다가 얼마 안 있어서 산사태가 난다든가 하는 것은 상식 밖의 일이죠.

영국 사회에서 골프가 시작된 것은 지형 자체가 골프 하기에 적합하게 되어 있기 때문이죠. 그러니까 산을 허물고 밀어제치고 할 것도 없이, 그대로 두고 구멍만 뚫고 깃대만 꽂으면 18홀 아니라 몇 홀이라도 할 수 있게 되어 있어서 사람들은 자연이 만들어놓은 것을 그대로 즐기면서 골프라는 운동을 하는 것이죠.

요새 보니까 골프에 미쳐가지고 모든 시간, 모든 정력을 골프에 바치는 사람이 그렇게 많지 않습니까? 그러나 그게 아직은 우리에게 그렇게 어울리지 않거든요. 그런데도 보면 우리는 부자연스럽게 나가고, 저 사람들은 자연스럽게 자기들이 간직할 것을 다 간직하고 농촌을 그렇게 아름답게 가꾸면서 사랑합니다.

한번은 영국의 유명한 시인인 워즈워스라는 사람이 시를 쓰던 고장에 찾아가봤습니다. 호수가 있고 깨끗하고 맑은 물이 졸졸 흐르고 있어 시인이 나와서 산책을 하면 자연히 시가 나오게 되어 있더라고요. 그저 어지럽고 한심한 환경에서 시가 나오는 것이 아니에요. 워즈워스와 같은 자연시인이 나오게 되는 것은 경치 자체가 그만큼 아름답기 때문입니다.

그 시인의 〈수선화〉라는 유명한 시가 있는데, 그이가 가고 나서도 계속 보존해서 지금도 시의 배경이 전부 그대로 남아 있더라고요.

또 교회당의 뜰에서 쓴 토머스 그레이의 〈만가〉라는 시가 있는데, 그것도 거기를 가보니까 자연 그대로 있어서 토머스 그레이가 교회당의 뜰에 묻힌 사람들을 바라보면서 무덤 사이에 앉아서 어떻게 그런 시를 쓸 수 있었을까 하는 까닭을 이제야 알 수가 있었습니다.

다행히도 그 블레이든이라는 시골에 유명한 윈스턴 처칠의 무덤이 있더구만요. 그것을 찾아가는데 표지도 없고 해서 여러 사람에게 물어서 갔습니다. 그렇게 물어 물어 찾아가 봤더니 교회당이 하나 나오는데 조그만 게 다 쓰러져가요. 자연적으로 그렇게 된 것이죠. 그런데 거기가 윈스턴 처칠의 가족들의 무덤이 있는 데래요.

웨스턴 윈스터 엘비라는 유명한 런던의 사원에 묻힐 자리가 있지만 거절하고 "나는 조상들이 묻힌 시골 교회당 뜰에 묻혀서 무명의 인간처럼 끝내겠다"고 말한 처칠 경은 과연 위대한 사람이었습니다. 얼마만큼 살고 나서 자기가 떠날 적에 자연의 일부가 되기를 바랬지, 웅장한 무덤을 만들고 비석을 세우는 것은 원치 않았다는 것입니다.

아마 우리 나라 같으면 그런 거물이 묻힌 뜰에 서 있는 교회당도 전부 며칠 안에 멋있게 만들었을 겁니다. 그러나 그렇게 안 하고 교회당을 자연 그대로 찌그러지게 놔두고, 단지 교회당의 문에 구멍을 뚫고 "지나가다가 혹시 얼마라도 희사하고 싶은 사람이 있으면 교회의 경영이 어려우니까 돈을 넣어달라"고 써붙여 놨더라고요. 가만 보니까 그게 자연스러운 것 같아요.

윈스턴 처칠은 이렇게 생각했을 겁니다.

"태어나기는 굉장히 큰 궁궐 같은 데서 태어났고 일생의 활동도 엄청났지만 죽은 후에 흙에 묻히면 그걸로 끝나는 것이다."

그러니까 묘비라는 것도 보잘것이 없고, 이름도 윈스턴 처칠이라고만 썼으며 이 사람이 수상을 몇 번 지냈고 언제부터 언제까지 수상이었고 하는 그런 말도 다 뺐더라고요. 그리고 돌도 별로 질이 안 좋아서 비석에 새긴 글씨에 까만 칠을 했던 것도 20년이 채 안 됐는데도 다 지워져가던데, 그것을 보면서 "역시 이 사람들은 자연과 더불어 살 줄 아는 사람들이구나" 하는 것을 느꼈습니다.

우리 나라의 남해라는 데가 기가 막힌 곳입니다. 한국인치고 남해 한려수도를 가보지 못한 사람은 "희랍에 가보자, 지중해를 보자" 할 것이 없습니다. 우리 나라에도 그렇게 아름다운 데가 있는데요.

요새 문제가 되는 것은 돌을 캐기 위해서 주변의 경치가 많이 훼손되고 있다는 것 아닙니까? 물론 채석장을 만드는데 돌을 꺼내다 방파제를 한다는 것도 좋은 일이겠죠. 그렇지만 골재를 파내는 것도 한계가 있죠. 사진에 나온 것을 보니 참혹하게 망가뜨려놨던데, 이렇게 하면 어떡합니까?

엄청한 해송밭이 전부 없어졌어요. 돌을 캐내는 사람들이 돈에만 미쳐가지고 이렇게 하면 후손을 대할 낯이 없는 것 아닙니까? 또 어떤 얼치기들은 그것을 캐내서 일본에 수출한다고 합니다. 일본 사람에게 돌을 팔아먹기 위해서 우리 경치를 해친다는 것이 말이 됩니까?

면장은 뭘 합니까? 군수는 뭘 합니까? 도지사는 뭘 하는 겁니까? 만일 자연을 해치면 결국은 나라에 장차 희망이 없어진다는 극단의 생각까지 해야죠. 이제 신문사 기자들이 가서 쑤셔내가지고 표면화됐으니 더 이상 훼손이 어려울 것입니다. 다 관심을 가지니까 앞으로는 어렵겠지만, 관계자들은 뭘 하고 있냐는 것입니다. 우리가 쉽게 생각할 수 있는 것은 거기에 무슨 부정이 있는가 하는 점입니다.

상식적으로 면장, 군수, 도지사 노릇하는 사람이 볼 때 이래서는 안 되겠다는 판단이 당연히 날 것 아닙니까? 그런데도 왜 가만히 내버려둡니까? 거기에 무슨 오고가는 것이 있는지 증거가 없으니까 할 말은 없지만, 그렇지 않고야 자기의 마당에 와서 흙을 파간다든가 꽃나무를 파가는데 어떻게 가만히 있겠습니까? 해송 한 그루가 거기에 뿌리를 박고 자라는 데 얼마나 많은 세월이 소요되겠습니까? 그것을 단시일

내에 망쳐놔도 말 한마디도 안 하고 있습니까?

물론 방파제를 만드는 것이 시급하다 하더라도 경치를 망치면 민족은 살길이 없지 않습니까? 업자란 뭘 하는 사람들입니까? 그들에게는 후손이 없습니까? 오늘만 살고 끝나면 되는 겁니까? 자본주의 사회에서는 많은 사람이 노력하는 목표가 돈이니까 자본주의 사회에서 돈 벌려는 사람이 많다는 것은 시인합니다. 그렇지만 돈보다 더 앞서는 것이 있잖습니까? 돈만 있으면 되는 것이 아니라 이 자연을 망치면 못 사는 것이죠.

우리가 북한을 놓고 무슨 얘기를 하냐면, 금강산의 암벽이 좋은데 거기에 수령님에 관한 여러 가지 기록을 돌에다 새겨놨다지 않습니까? 그래서 그런 일을 전문으로 하는 사람에게 물었어요.

"통일이 되면 모든 국민이 금강산에 가봐야 하는데 거기에 그런 글씨를 새겼다니 어떻게 합니까?"

그랬더니 그이 말이, 그 글씨는 지워버릴 수가 있답니다. 그러나 돌을 깎아가는 것은 안 되지 않습니까? 돌이 없어졌으니까 그 돌을 다시 갖다 붙일 수는 없지 않습니까?

이번에 한려수도가 망가져간다는 한 가지 사실 가지고도 우리 정부가 긴장해서 조상이 물려준 이 자연을 아름답게 보존하고자 새로운 마음으로 임해야 하리라고 믿습니다.

자연과 최치원

김용구
언론인. 1929년 서울 출생. 감리교신학교, 하버드대학 등에서 신학 · 국제정치 비교사상 수학.
《코리아 타임스》 편집국장, 《한국일보》 논설위원. 역임성균관대학교, 한국외국어대학교 출강.
저서 : 《철학이 있는 삶과 문학》《하늘이 무어라 하느냐》 외.

15세기 중엽에 한 시객이 방랑길에 호남을 휘돌아 가야산 해인사에 다다랐다. 거기서 최치원이 즐기던 옛터를 찾아 시심詩心을 읊조린 이는 김시습이었다. 최치원이 간 지 500년이 지나서였는데, 그로부터 다시 500년이 흘러서 우리가 최치원을 찾는 건 어인 일인가.

나는 고운孤雲 최치원崔致遠이 어디선가 쓴 글을 보았다. "돌이 말을 할지도 모르고 거북이 돌아다 볼지도 모르는데 어떻게 글로 산을 빛나게 하고 개울을 아름답게 하겠는가. 도리어 숲에게 부끄럼을 당하고 시냇물에게 무안을 당하지 않겠는가"라고. 이처럼 그는 글쓰기를 진지하게 여기고 혼신을 다하여 썼다.

근원을 더듬는 데는 글처럼 믿음직한 게 없는데, 고운의 문자는 그의 자연관을 비춰봄으로써 그 진가를 헤아릴 수 있다.

자연관이라지만 자연사상을 밝히는 고운의 논고가 따로 있는 것도 아니고, 시詩 · 부賦 · 명銘 · 기記 · 재사齋詞 등에 드문드문 표출돼 있을 뿐이다.

사실 고운은 벌써 '자연' 이란 말을 쓰고 있긴 하다. 이를테면, "저절로 그렇게 됨을 살필 수 있다면, 옳고 옳지 않음이 없음을 반드시 알 수 있다(能審自然而然 必知無可不可)"는 말마디가 있다. 여기서 '자연' 은 '저절로' 라는 뜻이지만, 근세 이후에 이 말이 갖게 된 긴요한 의미작용을 벌써 어느 만큼 풍긴다.

'자연' 이란 말은 동서고금 어디서나 애매하고 복잡한 함축으로 쓰이는데 굳이 그 말의 외연外延을 가린다면, 우주적 자연, 생명적 자연, 정신적 자연으로 볼 수 있겠다. 고운에 있어서도 이미 우주적 · 생명적 · 정신적 자연의 논의가 시작되었다.

우선 '새벽을 노래함' 이라는 산문시를 보자. "많은 산의 푸른 기운 높고 낮게 감돌고, 사방의 들에는 바람과 연기 깊고 엷게 흐르는구나. 이 맑은 새벽에 내 기분 날을 듯 상쾌한데 떠오르는 해 산을 밝히고……."

어느 물가의 언덕에서 새벽을 맞은걸까. 정신적 자연을 고양시키는 이 시는 오늘날에도 강토의 각처에서 미명에 산에 올라 거기서 새벽을 맞는 무수한 남녀 노소의 가슴을 시원히 표출하고 있다. 겨레는 그렇게 임천林泉을 그리워하고 청산과 녹수를 생각하며 살아간다.

아니, 더 근본적으로 고운은 강토를 어떻게 생각하였는가. 젊은 고운이 당나라에서 돌아온 지 얼마 되지 않아서 지은 명문銘文에 이런 취지를 적었다. "빛나고 성하고 또 실다운 사방의 형질에 비취는 건 새벽해처럼 고른 것이 없고, 기운이 온화하고 포근하여 만물의 보람이 있는 건 봄바람처럼 넓은 것이 없다. 동풍이나 떠오르는 해는 모두 동녘에서 나오니……."

향토사랑이 풍기는데, 고운이 이국 땅에서 보낸 세월을 생각하면 이해할 만하다. 어쨌든 이것은 단순히 나라 자연의 생명력의 묘사가 아니라 만물을 비취는 해의 광휘, 그것을 싸고 흐르는 바람의 온화, 또 그것들이 일으키는 만사의 형통에 대한 기쁨의 송가이다. 이와 같은 '즐거운 지식' 은 강토를 덮고 있는 푸르른 수림을 볼 때, 현대인도 어느 만큼 공감과 자신을 느끼게 한다. 이 땅의 푸른 수림이 널리 세계에 알려지게 되고, 또 그것은 꿈을 키워주는 상쾌한 풍치이기에 상서로운 선물임이 틀림없다.

그러나 어느 만큼일 뿐이다. 왜냐하면 수림은 아직 어린데, 그 위로 흐르는 대기, 또 들판을 가로질러 흐르는 강물은 그리 맑고 활력있는 것이 아니기 때문이다. 고운의 말을 빌리면, 하늘의 인자[天慈] 덕택으로 살면서 우리가 아직도 땅의 바른 길[地義]을 깨닫지 못하고 있다. 눈앞에서 대기와 장강이 병들고 있으니 말이다.

자연관은 궁극에는 자연천하에서 연유한다. 고운은 동방 · 동토 · 동국 · 동인 같은 표현을 유난히 좋아하였다. 모두 우리 땅과 사람을 가리키는 말들이다. 그의 독특한 점은 동인, 즉 한국인의 자연사상을 형상화하려고 한 것이다. 그런 생각의 일단이, 또한 새로운 싹이 무성히 뻗어나서 생기고 변하며, 이 생기고 변하는 것은 동쪽을 터전으로 하여 비롯한다는 주장에 나타난다. 그는 발단을 중요시하였는데, 발단이 아니면 도시 전개와 극치가 있을 수 없기 때문이다. 당시로서는 고운이 남다른 코스모폴리탄이었기에 그의 동방주의가 광채가 난다.

세계는 누가 보아주기를 바란다(바슐라르). 산 · 들 · 나무 · 숲 · 강 · 호수 · 꽃 · 풀 · 하늘 · 구름…… 그리고 풍경은 그저 거기 있는 게 아니다. 만물은 무엇인가에 의해 그리고 누구인가에 의해 보여짐으로써 존재하는 것이다. 그 가장 중요한 목격자는 사람일 테니, 그에 의해 사물의 존재는 확인되고 명명되며, 또 파괴될 수도 있다. 만물은 명명됨으로써 존재한다.

고운의 자연관은 바로 이 대목에서 유난히 빛난다. 최치원에 따르면, 이름은 아무렇게나 생기는 게 아니요, 이치는 반드시 원인이 있다. "정치가 좋은 여건은 좋은 때와 서로 맞는다(勝處所與良時斯應)." 다시 말하면, 환경의 상태는 시간적이고 공간적인 결과라는 것이니, 오늘의 환경문제도 단순히 공간적 결과가 아니고 시대적인 것이다. 환경의 여건은 국토라는 공간적 원인뿐 아니라 산업의 단계와 성격이라는 시대적 원인을 떠나서 생각할 수 없다.

초여름의 눈부신 푸르름 속에서 최치원의 자연관을 되새기는 건 우리가 하늘의 인자함을 감사하고 땅의 바른 길을 밟아나가야 함을 알아야 하기 때문이다.

'아직도'와 '옛날에는'

—자연에 대한 몇 가지 오해

황필호
철학자. 서울대학교 문리대 종교학과 졸업. 미국 오클라호마대학 철학과(석사 · 박사).
덕성여대 교양학부 조교수, 동국대학교 철학과 교수 역임. 현재 한국종교철학회 회장,
한국비교철학회 회장, 사단법인 생활철학연구회 대표, 《어느 철학자의 편지》 발행인.
저서 : 《철학적 인간 종교적 인간》 《철학적 여성학》,
수필집 : 《울고 있던 그녀가 어느새 주먹을 꼭 쥐네》 외.

어느 늦가을 오후, 나는 내가 사는 둔촌동 주공아파트 후문을 빠져나와 일자산을 오른다. 야산이라고도 할 수 없을 정도의 언덕빼기다. 내가 거의 매일 오르는 길이다.

걷다 보면 보신탕용 개를 수백 마리 기르는 곳이 나온다. 그것을 알면서도 가까이 가서는, 눈을 부라리면서 갑자기 짖는 소리에 번번이 놀란다. 기분이 좀 상한다. 조금 더 가면 인공호수를 둘러싼 낚시꾼이 빼곡히 앉아 있다. 그만 한숨을 쉰다. 조금 더 가면 숭어회를 파는 불법 휴양소에서 화투치는 소리가 딱딱 들린다. 이젠 기가 막힌다.

그런데 그 날 나는 자동차가 지나가서 먼지가 뿌옇게 낀 담쟁이에 나의 한 손으로는 들 수 없을 정도로 무거운 호박이 댕그랑 달려 있는 것을 발견한다. 가만히 보니, 잎새는 보이지도 않고 실 같은 줄기 하나가 이렇게 무거운 호박을 붙들고 있는 것이다.

나는 그 호박을 들고 1킬로미터도 걷기가 힘들 것이다. 그런데 이 실같이 가는 줄기는 그것을 24시간 말없이 붙들고 있지 않은가. 무서운 생명력이다.

우리는 요즘 "지구는 병들고 있다"고 크게 외친다. 그래서 자연은 아사 직전의 상태라고 생각하기 쉽다. 그러나 자연 속의 생명력은 이렇게 늙은이의 마음에 파도를 일으킬 정도로 아직 위대하다.

화장은 개성 표현이다. 우리가 흔히 듣는 말이다. 그러나 내가 보기에 요즘 여성들의 멋부리기는 개성 표현이 아니라 몰개성沒個性이다. 화장하는 법은 수백 가지가 되지만 실제로 그 목적은 딱 한 가지다. 어떻게 성적인 매력을 풍기느냐는 것이다.

그러다 보니 요즘에는 자연스러움은 절대로 아름답지 않다고 믿게 되었다. 얼굴은 그대로 놔두지 않고 성형수술로 뜯어 고치고, 목욕탕에서 나올 때부터 짙은 화장을 하고(그래서 목욕탕 근처에는 꼭 미용실이 있다), 가슴과 등을 구별할 수 없을 정도로 바싹 말라야 모델이 될 수 있고, 옷도 비자연적일수록 더욱 유행이 된다.

이런 농담도 있다. 미남 미녀가 결혼을 해서 아이를 낳았는데 전혀 부모를 닮지 않은 것이다. 알고 보니, 그들이 서로 상대방 모르게 대대적인 성형수술을 한 경우였다고.

그러나 아름다움의 극치는 아직도 인위人爲가 아니라 자연에 있다. 우리는 이 사실을 잊지 말아야 한다.

"아는 것이 힘이다" 누구나 아는 말이다. 그러나 이 말을 처음으로 한 프랜시스 베이컨의 속뜻을 알면 입맛이 그리 개운치 않다.

베이컨에 의하면, 인간의 역사는—자연과의 조화가 아니라—자연 정복의 역사다. 자연을 더욱 많이 정복할수록 인간사회는 발전하는 것이다. 그런데 우리가 자연을 정복하려면 먼저 자연을 알아야 한다. 적을 알지 못하면 백전 백패할 수밖에 없다. 그래서 자연에 대한 지식은 바로 인간의 힘이 되는 것이다.

그러나 자연은 정복의 대상이 아니라 같이 살기의 대상이다. 그리고 참으로 다행한 일은, 자연이 아직도 인간과 더불어 살려는 오랜 소원을 완전히 포기하지 않고 있다는 사실이다.

나는 지금까지 우리가 자연에 대해 품고 있는 몇 가지 오해를 설명하면서 '아직' 이라는 단어를 세 번 사용했다. 첫째는, 자연 속의 생명력은 '아직' 위대하다고 말했고, 둘째는, 아름다움의 극치는 '아직' 인위가 아니라 자연에 있다고 말했으며, 셋째는, 자연이 '아직도' 인간과 더불어 살려는 오랜 소원을 완전히 포기하지 않고 있다고 말했다.

그러나 이 '아직도' 는 이제 '옛날에는' 이라는 말로 대체될 실정에 있다, 우리가 정말 정신을 차리지 않으면…….

인간은 자연의 한 부분

—환경오염 방지 정책을 촉구하며

한완상
사회학자. 경북 금릉 출생. 서울대학교 사회학과 졸업. 미국 에모리대 사회학 박사. 서울대학교 사회학과 교수 역임. 부총리 겸 통일원 장관 역임. 현재 종합유선방송위원회 위원장. 저서 : 《현대사회와 청년문화》《지식인과 허위의식》《민중과 지식인》 외.

21세기를 이미 살고 있는 현대인들에게 환경은 참으로 중요하다. 또한 21세기의 산업을 생각할 때 환경산업과 영상산업은 떼어놓을 수 없다. 이 두 산업은 바로 내일의 주도 산업일 뿐만 아니라 벌써 우리에게 커다란 영향력을 미치고 있는 오늘의 산업이기도 하다. 특히 환경문제가 심각한 국제적 문제 또는 인류 전체의 문제가 되면서 이 문제의 해결 없이는 내일의 인간 삶이 평안해질 수 없고 또한 삶의 질도 향상될 수 없다. 아니, 심하게 말한다면 환경문제를 해결하지 않고서는 내일의 인류생존 문제를 풀어나갈 수 없게 되었다.

이제야 사람들은 정신을 차리기 시작했다. 나의 10대와 20

대를 회고해보면 그때는 모두가 경제 성장에 혈안이 되어 있었다. 가난으로부터의 탈출이 가장 중요하고 심각한 문제였다. 이런 때 벌레먹은 과일이나 야채는 '개발되지 못한 상태' 또는 '원시적인 현상'으로 인식되었다. 미개인들이나 벌레붙은 야채를 먹는다고 생각했고, 선진 개발국 사람들은 벌레로부터 자유로운 깨끗한 식물을 먹는다고 믿었다.

그런데 지금 우리는 벌써 벌레먹은 배추나 상추를 그리워하게 되었다. 그것은 원시상태를 의미하는 것이 아니라 오히려 건강한 자연상태를 뜻하기 때문이다. 적어도 공해 없는 식물이며 오염되지 않은 야채로 인식되기에 이르렀다. 그만큼 우리도 환경오염에 대한 염려를 심각하게 하고 있는 셈이다.

오늘처럼 개방화, 세계화, 국제화를 부르짖는 시대에 우리는 환경악화의 원인을 근원으로 돌아가서 반성해보아야 한다. 그리고 국제화 물결 속에 환경오염이 우리를 더욱 괴롭힌다는 사실에 주목해야 하며 국가정책으로 이 문제를 대응해야 한다.

얼마 전, 나는 친구인 한 정치인의 초청으로 고르바초프를 만난 적이 있다. 그분의 강연을 듣고 함께 저녁식사를 하였다. 20세기를 종결짓는 일에 결정적인 역할을 했던 세기적 인물로, 평소 그를 존경해왔던 터라 그를 만나고 그의 강연, 특히 환경문제에 대한 강연을 듣게 된 것이 퍽 다행스러웠다. 그의 강연에서 나는 크게 감명받은 바가 있다. 그것은 다름이 아니라 환경 악화의 근본 문제를 그가 정확하게 진단내렸기 때문이다.

역시 세기적 인물다운 진단이었다. 우리의 고정 관념, 그것도 너무나 당연시되어온 자연에 대한 고정 관념을 그는 뿌리째 뒤집어놓고 문제의 핵심을 꿰뚫어 보았다. 그의 요점은 이러했다.

우리 인간은 스스로 만물의 영장이라고 믿어 의심치 않았다. 사실 만물의 영장임이 틀림없다. 그런데 이와 같은 인간의 자의식自意識 또는 자기규정自己規定에 문제가 있는 것이다. 인간을 만물의 영장으로 믿는 믿음 속에는 자연을 인간의 종속물로 보는 자연 경시 가치관이 깊이 박혀 있다. 아마도 이것은 기독교 창조 설화의 영향 때문인지도 모른다. 물론 그 창조 설화를 잘못 해석한 결과라고 봐야 하겠지만.

여하튼 자연 위에 인간이 군림한다는 가치관은 자연을 인간 욕망대로 다루어도 좋다는 가치관임이 틀림없다. 인간들은 개발의 깃발아래 자연을 개처럼 착취해왔다. 인간은 문명의 이름 밑에 자연을 야만인 것처럼 짓밟아왔다. 인간은 문화와 교양의 이름 아래 자연을 동물스러운 것으로 여겨 지나치게 통제해왔다.

만일 인간들이 일찍부터 인간도 자연의 한 부분이라는 인식을 철저하게 가졌더라면 오늘의 자연 파괴와 환경오염이 이토록 심각해지지는 않았을 것이다. 하기야 문명이 들어서

기 전의 인간들은 자기들도 자연의 일부분, 자연도 인간의 일부라고 믿었기에 자연을 존중하고 두려워했으며 심지어 경외하기도 했다. 그런 때에 자연 파괴는 있을 수 없었다.

인간도 자연의 일부라는 믿음이 철저했다면, 인간은 결코 자연을 깔보거나 자연을 훼손시키지 않았을 것이다. 왜냐하면 자연 파괴는 곧 인간 자신의 파괴가 되기 때문이다. 사실 인간은 자연에서 와서 자연으로 돌아간다. 인간은 흙으로 돌아갈 수밖에 없는 자연의 일부다.

나는 지난달 이집트에 가서 4, 5천 년 전 그곳 왕들의 미라를 보았다. 흙으로 돌아가기를 거부하고 영생永生하려 했던 그들의 추한 욕구를 깡말라 비틀어진 미라의 모습에서 확인하면서, 자연을 거부했던 왕들의 오만함에 새삼 전율했었다. 인간도 자연이기에 스스로를 존중하는 만큼 자연을 존중하는 새로운 가치관, 새로운 환경문화가 하루 빨리 뿌리내려야 한다. 고르바초프의 지혜로운 지적에 다시 한번 경의를 표하고 싶다.

또 하나 환경오염의 국제화를 지적해야겠다. 냉전체제가 해체되면서 온 지구는 시장 장벽이 무너지는 소리를 내고 있다. 이런 국제화의 물결 속에서 환경오염의 흐름도 민족국가 단위의 시장 경계를 뛰어넘고 있는 것이다. 이것의 피해를 한반도에 사는 우리 민족이 가장 심하게 입게 될 것임을 잊지 말아야 한다.

최근 세계의 대기 환경학자들은 아시아 지역의 아황산가스 오염 예상 지도를 작성한 바 있다. 이 지도에 따르면 2010년, 그러니까 앞으로 16년 뒤 한반도는 세계에서 최악의 아황산가스 집중 지역이 된다는 것이다. 그때 아시아 지역에서 배출되는 아황산가스 양은 북미와 유럽 전역의 그것보다 더 많다고 한다. 그중에서도 한반도와 중국 연안에는 평방 킬로미터당 연간 최소 1톤 이상의 황이 대지에 축적되는 최악의 상황이 벌어지게 된다고 한다. 강산성비가 내려 인간의 건강에도, 토질에도 심각한 영향을 주게 될 것이다.

특히 한반도의 경우, 중국의 급속한 공업화로 인해 중국에서 생성되는 아황산가스가 겨울엔 북서풍을, 여름에는 남서풍을 타고 집중적으로 한반도를 강타하게 된다고 한다. 이것을 막지 않고서는 안 된다. 세계 최악의 산성비 지대로 우리 강토가 변질되는 이 현실을 우리는 직시하고 대중국 환경외교책을 빨리 세워야 한다. 국제화 물결에 따라 환경오염 흐름이 우리 금수강산과 우리 아들 딸의 건강을 해치는 이 현실을 결코 좌시해서는 안 된다.

우리 정부도 국제 경쟁력 강화만 소리 높이 외칠 것이 아니라 우리 민족을 환경오염으로부터 방어하는 국가정책을 세워야 한다. 이것은 새로운 차원에서 국가방어, 민족방어 정책임을 잊지 말아야 한다.

인간사랑, 자연사랑, 민족사랑, 강토사랑이 새삼 아쉬워지는 오늘을 우리는 살고 있는 것이다.

환경에서 생명으로

김지하
시인. 1941년 전남목포 출생. 서울대학교 미학과 졸업.
세계시인회 위대한 시인상 수상. 오스트리아 인권상위원회 인권상 수상.
시집 : 《황토》《오적》《밥》《타는 목마름으로》《검은산 하얀산》 외.

천지의 질서는 어김없다. 올해도 어김없이 봄이 오고 꽃이 피었다. 눈부시게 흐드러진 꽃무리 앞에서 안도한다. 저 극심한 생태 파괴에도 흔들림 없는 천지의 질서에 안도한다. '침묵의 봄'은 역시 허구에 불과함을 생각하며 크게 안도의 숨을 내쉰다. 가이아(Gaia, 그리스 신화에 나오는 대지의 여신)는 죽지 않았으며 그 위대한 생명력으로 지금도 지구의 삶을 조절하고 있는 것이다.

그러나 웬일일까? 차례로 피어야 할 진달래 · 개나리 · 목련 · 벚꽃 · 철쭉과 복사꽃 · 능금꽃이 온통 한꺼번에 피어 세상을 가득 채우니 웬일일까? 꽃과 잎이 동시에 솟아오르니 웬일일까? 봄기온이 섭씨 30도까지 치솟으니 무슨 일일까?

봄이 사라져버린 것이다. 도대체 무슨 일일까?

겨울엔 따뜻하고 여름엔 서늘하다. 절기가 뒤틀린 것이다. 예부터 선인들은 절기가 뒤틀리면 그 책임을 정치에 물었다. 우리의 정치, 우리의 환경정책은 온전한가? 세계 정치에 책임을 돌릴 것이다.

우리 땅은 지구에 속하지 않는 것인가? 낙동강이 썩어간다. 식수를 마실 수 없다. 영산강이 죽어간다. 목포 시민들은 분노를 넘어 이제 불길한 침묵 속에 가라앉아 있다. 우리의 환경정책은 온전한가? 아니, 물 대책은 서 있기나 한가? 생수 시판 허용으로 출구를 찾고 있으나 생수는 오염되지 않았단 말인가? 마실 물이 없다. 물은 생명의 근원이다. 생명이 위태롭다.

산을 무너뜨리고 숲을 베어 넘기고 땅을 파헤쳐 골프장을 만든다, 러브 호텔을 짓는다, 공장을 짓는다, 개발타령이 한창이고 환경과 관련된 온갖 규제를 죄 풀어버리고 있다. 산과 숲이 파괴되면 자연 생태계의 죽음은 물론 인간까지도 숨을 쉴 수 없게 된다. 숨 안 쉬고도 살 사람이 있는가? 이산화탄소와 아황산가스로 이미 오염될 대로 오염된 공기를 마시고 병들지 않을 사람이 있는가? 생명이 위태롭다.

인민 생명의 보위와 치산 치수治山治水는 정치의 근본이다. 이 근본 문제가 다만 정치만의 문제일까? 가치관의 문제요,

생산양식 · 생활양식의 문제, 문명의 문제다. 현대 산업문명은 자기 절멸自己絶滅의 문명, '죽임' 의 문명이다. 기계적 세계관, 인간중심주의, 생산력주의, 풍요 중독, 소비주의, 경제가치 위주의 가치관이 중심이 되어 있는 현대 산업문명이 지구의 온 생명을 위태롭게 하고 있다. '죽임' 의 세상이다. '살림' 의 길은 없는가?

우리의 환경 의식은 이 몇 년 사이에 급격히 높아지고 넓게 확산되었으며 환경운동도 매우 성장했다. 입 달린 사람이면 누구나 환경을 걱정한다. 반가운 일이다. 그러나 환경 위기가 쓰레기 줄이기나 합성세제 안 쓰기, 정부와 기업 고발 차원이나 환경공학적 대증요법의 'PPM 주의' 로 해결될 수 있는 것일까? 그것이 곧 원천적인 살림의 길일까?

물론 그 현실적 책임은 정부와 기업에 있으며, 쓰레기를 마구 버리고 합성세제를 마구 흘리는 시민들에게 있다. 그러나 경제개발과 이윤 획득, 편리한 생활을 가치관의 핵심으로 삼고 있는 정부 · 기업 · 시민들의 보편적 의식 그리고 화석연료와 원자력을 에너지원으로 하는 무한 생산력 증강이라는 지배적 생산양식, 풍요한 소비주의를 모토로 삼고 있는 현재의 생활양식을 변경시키지 않고는 환경 위기의 원천적 해결은 불가능한 것이다. 살림의 길은 발견되지 않는다. 그래서 리우환경회의에서는 '지속 가능한 성장' 이라는 명제가 제안되었다. 그러나 과연 '지속 가능한 성장' 이라는 명제는 지속 가능한가?

나 자신이 지금 쓰고 있는 이 환경이라는 말부터 우선 살펴보자.

자연이 환경인가? 흙과 물과 공기와 산과 동식물이 환경일 뿐인가?

환경이라는 말은 인간을 중심에 놓고 기타 일체 자연과 우주생명을 들러리나 무대장치쯤으로 보는 철두철미한 인간 중심주의의 산물이다. 그것은 모든 자연생명을 물질, 죽은 물건으로 보는 사고의 결과요, 그렇기 때문에 마구잡이로 착취하고 때려부수고 오염시키고 정복해도 괜찮다는, 아니 그렇게 해야만 할 권리와 의무가 인간에게 있다는 서양인들의 편협하고 잘못된 세계관의 결과다.

환경은 환경이 아니다. 그것은 생명이다. 참새와 다람쥐와 꽃과 풀 · 나무는 환경이 아니다. 그것은 생명이다. 흙과 물과 공기는 환경이 아니다. 그것은 살아 있는 생명이다. 자기 복제 능력이 있는 유기물만이 생명이 아니라 순환하고 상호관계하며 다양하게 자기 조직하는 모든 자연은 생명이라는 것이, 종교만이 아닌 현대과학의 위대한 결론들이다. 그것은 그저 살아만 있는 것인가?

그것들은 앎이 있다. 앎이 있다는 것은 크게 보아 신神이 있다는 것이며 영靈이 있다는 것이다. 생명, 일체 우주생명은 신령하다. 원시의 만유 정령사상과 모든 종교사상들의 우주

생명관은 현대에 있어 과학적으로 재조명되어야 한다.

일체 자연은 신령하기만 한 것인가? 모든 개체생명은 다양하되 서로 순환하고 서로 관계하는 전체요, 보이지 않는 불생 불멸의 생성진화하는 우주생명, 자기 조직하는 우주생명을 모시고 있는 무궁한 생존이다. 인간인 나는 곧 풀이요, 꽃이며, 참새요, 다람쥐요, 물이요, 공기요, 흙이다.

우리의 신령과 우리의 육체는 무엇으로 이루어졌고 무슨 기억과 기능을 가졌는가를 한번 생각해보면 알 것이다. 인간은 무궁한 일체 우주생명의 상호 관계와 자기 조직적 생성 진화과정의 산물이며 진화과정 자체다.

인간이 만물의 영장이요, 여타 생명보다 우월하다는 것은 인간이 우주진화의 맨 마지막에 핀 꽃이라는 뜻이며 일체 우주에 대해 커다란 윤리적 책임과 도덕적 의식을 가지고 있다는 점에서다.

인간이 참새를 죽이고 물을 죽이고 살을 파헤치는 것은 인간 자신을 죽이고 파헤치는 죽임의 행위, 살해행위다. 그러나 역설적인 것은, 생명이 생명을 먹는 것이 또한 우주생명의 질서라는 점이다. 크고 무궁한 우주생명은 먹이사슬과 같은 관계망을 통해 자기를 조직하며 생성 진화한다. 그러나 생명은 자기 종種의 보존 이외에 커다란 여백을 생산한다. 비온 뒤에 솟아나는 숱한 풀들을 보라. 다른 생명은 그 여백에 관계함으로써 자기 먹이를 획득한다. 결코 종 자체를 착취하지는 않는다. 그리고 자기 먹이를 너무 많이 취하지도 않는다. 오직 인간만이 무한 착취하며 무한 파괴하여 생명을 멸종시키고 있다. 고대인들은 그 먹이를 획득하는 데에도 한계를 지켰고 욕망의 절제를 알았으며, 포식할 때에도 신령한 우주생명에게 감사와 공경의 제사를 드렸다. 현대의 문명인이 고대인보다 훨씬 더 야만적이다.

우리는 자연으로부터 다시 배워야 하며 고대인으로부터 그 생명의 세계관 · 가치관과 생활양식을 다시 배울 필요가 있다. 먹이사슬의 신비한 의미와 자연의 자정능력 · 자생능력 · 여백의 질서를 성실하게 배워 오늘에 부활시켜야 한다.

환경은 환경이 아니다. 환경은 생명이다. 이제 환경에서 생명으로 우리의 말과 개념부터 바꿔야 할 때다.

이것은 곧 의식의 전환, 세계관의 변혁을 뜻한다. 그리고 가치관의 새로운 정립을 의미한다. 생명의 가치관 · 세계관이 먼저 확고해져야 철학과 과학이 변모할 것이며 정치와 경제가 변환될 것이요, 생산양식 · 생활양식의 전환이 올 것이다.

그렇다고 해서 요즘의 환경운동과 같은 이른바 환경 개량주의나 시장질서의 경제가치, 그리고 첨단 과학기술이 모두 다 즉시 폐기되어야 하고 우리는 곧 원시와 같은 가치관 · 생활양식으로 돌아가자는 생태 원리주의를 지지하자는 것은 아니다.

신령하고 무궁한 생명가치를 중심에 두되 경제가치와 과학기술의 내용과 질과 방향을 생명가치를 향해 점진적으로 중심 이동하자는 것이며, 생명생태 근본주의적 신념과 세계관을 중심에 간직하되, 구체적으로는 일상적인 환경 개량주의적 해결 방향으로 진척시켜나가는 상보적 관계에 서자는 이야기다.

무엇보다도 먼저 생명의 철학, 생명의 윤리가 확립되어야 한다. 살아 있음을 산 채로 탐구하는 삶의 철학이 나타나야 할 것이며 살아 있는 일체 자연생명을 신령한 것으로 공경하는 생명윤리가 세워져야 할 것이다.

환경운동은 이제 '환경에서 생명으로'의 전환을 과감히 시도할 때가 된 것 같다. 때가 그것을 가르친다. 이 가르침을 따를 때 가이아는 드디어 미소짓기 시작하며, 뒤틀린 절기는 제 모습을 회복할 것이다. 꽃은 순서대로 피어나고 물은 살아날 것이며, 산은 다시금 푸르고 아름다워질 것이다.

산과 물과 생명

전택부
YMCA 명예총무. 1915년 함경남도 문천 출생. 동경 일본신학교 본과 중퇴.
어린이 월간지 《새벗》 주간, 월간지 《사상계》 주간, 한국신학대학 · 중앙신학교 강사,
서울 YMCA 총무, 교육부 교육정책심의회 위원 역임. 현재 사회복지법인 교남재단 이사장.
제9회 외솔상 수상. 저서 : 《한국기독교청년회 운동사》, 수필집 : 《세상은 달라진다》,
전기 : 《월남 이상재》 역서 : 《정의와 자유》 외.

1989년의 일이다. 그해 봄 나는 적십자봉사회 중앙협의회 총회에서 주제강연을 한 적이 있다. 강연 제목은 '인간의 생명보호에 앞장서는 적십자운동'이었다. 때마침 그해는 국제적십자사가 창설된 지 125주년이 되는 해였으므로 온 세계 적십자사가 이 하나의 주제로 봉사 활동을 했다. 한국의 적십자사도 이에 발맞추어 사업계획을 추진 중이었으므로 이러한 강연주제가 나에게 주어졌던 것이다.

그러나 여기서 그때에 행한 나의 강연 내용을 되풀이하자는 것은 아니다. 다만 그때에 느꼈던 소감이 생각나서 쓰려는 것이다. 우리나라 본래의 자연은 어떤 것이었으며, 우리

의 생명 존중의 정신은 어떤 것이었으며, 앞으로 우리 나라의 민주주의는 어떻게 될 것인가에 대해서 걱정이 되기 때문이다.

나는 그 날 아침 10시, 강연 장소인 성남시 교외에 있는 새마을 운동본부 연수원을 향해 집을 떠났다. 지금도 마찬가지이지만, 복잡한 도심을 떠나 한강 잠실대교에 접어드니 단박에 가슴이 후련해짐을 느꼈다. 잠실대교는 자주 넘나드는 곳이지만 어쩌면 한강이 이렇게 시원한지 어쩌면 그렇게 서울의 강산이 아름다운지 새삼 감탄하지 않을 수 없었다.

유유히 흐르는 한강의 물줄기, 부드럽게 곡선을 그리며 길게 뻗어나가는 올림픽 대로의 늠름한 모습, 그 위를 미끄러지듯 달리는 자동차의 행렬, 강 양쪽이 시원하게 가꾸어진 놀이 공간과 시민 공원 등은 자랑스럽고 대견스럽게만 여겨졌다.

사실 한 나라의 수도치고 서울만큼 좋은 강을 가진 수도는 드물다. 일본의 수도 도쿄에는 스미다강이 있고, 영국의 수도 런던에는 템스강이 있고, 프랑스의 수도 파리에는 센강이 있지만, 그 규모나 경치에 있어서는 우리 한강에는 비교가 안 된다.

더욱이 좋은 산을 가진 수도는 하나도 없다. 모두가 허허벌판 가운데 인공적으로 만들어진 수도이지, 우리 서울처럼 산과 강이 자연스럽게 천연적으로 어울려 있는 수도는 하나도 없다. 우선 한강 여가리에 있는 남산의 기묘하고 고아한 모습, 멀리 바라보이는 북한산과 도봉산 등 연봉의 수려한 모습 그리고 남쪽으로는 남한산이 그림처럼 바라보이는데, 이처럼 아름다운 산과 봉우리를 가진 나라 수도가 도대체 어디에 있는가 말이다.

아름다운 경치는 산만 있어도 안 된다. 또 강만 있어도 안 된다. 강과 산이 함께 어울려 조화가 되어야 가히 경치가 좋다고 말할 수 있다. 그러므로 흔히 경치가 좋다는 것은 산수가 좋다는 말로 표현한다. 경치를 논할 때에는 산수가 좋다느니, 산고수려니, 금수강산이니 하여 반드시 산과 물을 합쳐서 표현하는 까닭이 여기에 있다. 풍경화를 산수화라고 부르는 까닭은 여기에 있다.

그런데 우리 서울이야말로 산수가 뛰어나고 산고수려한 도시다. 산 좋고 물 좋은 수도로서는 우리 서울이 세계의 으뜸간다.

그런데도 불구하고 서울에서는 어찌하여 데모가 잠자는 날이 없는가? 어찌하여 맨날 화염병과 최루탄, 살인과 폭력이 난무했는가? 최근에는 아들이 부모를 살해하는 참변이 생기고 교통사고로 목숨을 잃은 사람이 하루에도 수십 명이 생긴다 하니 무슨 까닭일까?

생각이 여기까지 미치자 문득 옛시조 한 수가 생각났다.

가노라 삼각산아, 다시보자 한강수야
고국산천을 떠나고자 하려마는
세월이 하수상하여 올동말동하여라.

이 시조는 약 350여 년 전, 병자호란 때 아군이 남한산성에서 싸우다가 인조대왕은 최명길 등 화전파의 건의로 적군에게 항복하고, 항전파의 거두인 김상헌이 적군에게 인질로 잡혀가면서 남긴 시조이다.

이 시조에서 우리는 한 애국자의, 우리 강산에 대한 애절한 심정을 읽을 수 있다. 그는 배를 타고 한강을 건널 때 제일 먼저 삼각산을 바라보면서 하직 인사를 했다. 다음에 그는 한강물을 눈물삼아 뿌리면서 이별의 쓰라림과 망국의 한을 달래었다.

아다시피 자연이 아름답고 산과 물이 깨끗하게 보존된 나라치고 잘 못사는 나라는 하나도 없다. 그런 나라치고 평화롭고 비민주적인 나라는 하나도 없다. 그 대표적인 나라가 스위스 연방공화국이다. 그 나라는 우리 나라처럼 산고수려한 나라다.

그래서 그 나라에서는 생명 존중의 정신이 철저하다. 적십자운동의 창시자이며 세계 최초의 노벨 평화상 수상자인 앙리 뒤낭 같은 인물이 태어났다. 그래서 그 나라는 세계 제일의 민주국가가 된 것이다.

그렇다면 우리 한국도 그런 나라가 될 수 있지 않을까? 우리 한국도 스위스처럼 아름다운 자연을 가진 나라였으니 말이다. 스위스만큼은 산이 높지 못하고, 아름다운 호수는 없지만, 우리 한국은 산고수려한 나라다. 비록 인공 호수이긴 하지만 지금은 도처에서 아름다운 호수를 볼 수 있으니 말이다.

나는 이런 생각을 하면서 "인간의 생명 보존에 앞장서는 적십자 운동"이라는 주제강연을 했던 것이다.

그런데 오늘날 눈뜨면 들려오는 것이란 생명이 죽어간다는 소리뿐이다. 산도 죽어가고 물도 죽어가고 온갖 생명도 죽어간다는 소리뿐이다. 한강물은 조금씩 살아난다고 하지만 공장폐수니 생활오수니 하는 온갖 썩은 물로 죽어가고 있다. 산과 들은 몰라보게 푸르러지고 있기는 하지만 산림은 산성비 때문에 말라 죽어가고 있는 것이 사실이다. 그러니까 무슨 수로 물고기가 살아 남을 수가 있으며, 조류가 살아 남을 수 있겠는가?

지금부터 20년 전만 해도 우리집 뜰안에는 개구리가 뛰어다녔다. 저녁때에는 개똥벌레가 날아다녔다. 제비가 우리집 처마 밑에 집을 짓고 살았었다. 그런데 지금은 온데간데 찾아볼 수 없다.

이런 추세로 나간다면 살아 남을 게 무엇이 있겠는가? 사람은 공기 오염이나 수질오염으로 죽기 전에 제가 버린 쓰레기 속에 깔려 죽게 되겠으니 말이다.

그러나 지금은 우리집에서는 아침 저녁으로 뻐꾸기 소리를 듣는다. 그때마다 옛날에 부르던 노래,

산너머 저쪽엔 누가 사나 누가 사나,
뻐꾸기 영 위에 한나절 한나절 울음우네,

산너머 저쪽엔 누가 사나 누가 사나,
해마다 찾아오던 바늘 장수는 아니 뵈네.

를 되새기며 나는 그래도 꿈을 꾼다, 산너머 저쪽의 아름다운 세계를 그려보면서!

그 산의 그 쓰레기

정진권
수필가 · 한국체육대학 교수. 서울대학교 국어교육과 졸업. 문교부(현 교육부) 편수관 역임.
저서 : 《한국현대수필문학론》, 수필집 : 《충전과 시녀》《한국인의 향수》 외.

내가 전에 살던 집 근처에 산이 하나 있어서 이따금 아내와 함께 거길 갔다. 버스로 한 20 분 되는 거리였다. 일요일 아침의 그 버스는 그 산에 가는 사람들로 초만원을 이루었다.

산은 철마다 서로 다른 아름다움을 드러냈다. 흐드러지게 피는 진달래, 푸른 숲 위에 쏟아지는 빗줄기, 황홀하게 불타는 단풍 숲 그리고 소리없이 쌓이는 함박눈, 지금도 선연히 떠오르는 광경들이다. 그런 산엘 가서 잠시나마 삶의 피곤함을 씻어본다는 것은 적잖은 행복이었다. 남들은 무슨 온천, 무슨 바다 하지만 우리는 좀 이상한 철이 들어서 그 산만으로도 충분히 행복했다.

산에 가는 날은 새벽에 일어났다. 아내는 부지런히 쌀을 씻어 내 배낭에 넣었다. 불고깃감과 찌갯거리, 이 밖에도 별의별 것을 다 싸서 넣었다. 코펠과 버너는 내가 챙겼다. 이렇게 다 챙겨 넣으면 배가 불룩해진 배낭이 제법 묵직했다. 아내도 배낭이 없으면 허전할 것이다. 나는 비닐 돗자리 한 장을 돌돌 말아 아내의 배낭에 넣어주었다. 우리는 소풍가는 어린이들 같았다.

버스 종점인 산 어귀는 늘 사람이 들끓었다. 혼자 온 사람, 가족이나 친구끼리 온 사람, 무슨 회사 같은 데서 떼지어 온 사람, 버스는 계속 사람들을 쏟아놓았다. 그중에는 라디오를 들거나 기타를 멘 청년도 많았다. 줄지어 늘어선 가게에도 사람이 북적거렸다. 미처 아침을 못 먹었는지 해장국을 사 먹는 사람도 있었다. 나는 소주 한 병, 과일 몇 알을 사곤 했다.

산에 들어가려면 줄을 서서 표를 사야 했다. 표를 사가지고 좀 올라가면 관리소에서 나온 사람들이 비닐 봉지를 한 장씩 나누어주었다. 산에다 쓰레기를 버리지 말고 그 봉지에 담아 오라는 것이다. 하산할 때 쓰레기를 한 봉지 담아다 주면 표를 한 장씩 주었다. 다음에 올 때 돈 안 내고 그냥 들어가는 고마운 표였다. 우리는 덕분에 산에 갈 때마다 공짜였다.

우리가 산엘 가는 것은 무슨 체력을 단련하자는 뜻이 아니었다. 높은 산정에 올라 세상을 굽어보자는 뜻도 아니었다. 그러므로 굳이 험하고 높은 곳에 오를 필요가 없었다. 가다가 적당한 자리가 있으면 거기가 바로 목적지였다. 그러나 적당한 자리를 차지한다는 것은 그리 쉬운 일이 아니었다. 내가 적당하다고 생각하는 자리는 남들도 그렇게 생각한다. 우리보다 부지런한 사람이 많았다.

어떻든 적당한 자리를 찾으면 거기다 비닐 돗자리를 편다. 돗자리는 두 평쯤 된다. 그리고 배낭을 푼다. 그러면 금방, 신혼 때의 셋방살이 같은 초미니 살림살이가 차려진다. 비록 작은 살림이지만, 방 있고, 부엌 있고, 양식 충분하니 아무 걱정이 없다. 우리는 두 평짜리 방에 앉아 이런저런 이야기를 나눈다. 지난날의 괴롭던 이야기도 산빛 하늘빛에 물들어 아름답게만 회상된다.

그러다가 점심때가 되면 버너에 불을 켠다. 쏴아 하는 버너 소리가 빗소리처럼 들린다. 그 버너에 밥을 짓고 찌개를 끓여 내고 고기를 굽는다. 밥맛, 찌개맛도 그렇지만 소주 한 잔 기울이고 한점 집어먹는 고기맛은 그렇게 희한할 수가 없다. 아내에게도 물론 한잔을 강권한다. 금방 아내의 얼굴이 발개진다. 즐거운 시간이다. 하느님은 우리를 위하여 그 산을 만드셨던 것일까?

어느 가을날의 일이다. 우리가 살림을 차린 바로 이웃에 연인처럼 보이는 한 쌍이 와 자리를 잡았다. 총각은 준수하고 처녀는 복스러웠다. 점심을 지을 때였다. 총각이 다가와, 그만 깜빡 잊고 버너에 쓸 알코올을 못 가져왔다고 했다. 나는 알코올 병을 내주었다. 그들은 밥을 지으면서 무슨 이야기인지 즐겁게 그리고 조용히 나누었다. 그들의 사랑은 맑은 산바람에 순화되어 순결했을 것이다.

이것은 산에 다닌 지 얼마 안 되어서의 일이다. 적당한 자리가 하나 비어 있어서 거기다 살림을 차렸다. 그런데 문득 보니, 저만치 빈병 하나가 바위에 가려 반쯤 보였다. 나는 그게 눈에 거슬려서 비닐 봉지를 들고 일어섰다. 그런데 빈병만이 아니었다. 찌그러진 깡통, 라면 봉지, 음식 찌꺼기, 그것들을 주워 담고 밥을 먹으려니 불결감이 엄습해왔다. 그 뒤에도 이런 일이 많았다.

이것은 언젠가 막 소주 한잔을 들 때의 일이다. 남녀가 반반 섞인 젊은이들이 우리 자리 근처로 몰려들었다. 이미 한잔을 한 듯했다. 사내아이들의 걸쩍지근한 상소리, 계집아이들의 야한 웃음소리, 그들은 금방 라디오를 틀어놓고 춤을 추기 시작했다. 간간 악을 쓰기도 했다. 무슨 깡통을 빨다가 내던지기도 했다. 그들이 나중에 그걸 비닐 봉지에 담아 갔는지는 알 수 없다.

이것도 그 산에서 본 것이다. 점심을 짓다 문득 보니, 저쪽 바위 아래 앉아 있던 네댓 명의 청년들이 휘청거리며 일어나 서로 뒤엉켰다. 춤을 추는 건지 싸움을 하는 건지 분간이 안 갔다. 그때 한 사람이 빈 술병으로 바위를 쳤다. 병이 박살이 나면서 빛이 번쩍했다. 그러자 모두 따라 그렇게 했다. 그것이 이른바 스트레스 해소라는 것인가? 차라리 주먹으로 저희끼리나 싸울 일이지.

우리는 일어설 때 우리 쓰레기는 모두 거두어 비닐 봉지에 담았다. 그리고 차차 남이 버린 쓰레기도 담게 되었다. 역시 불결감은 떨칠 수 없었지만, 그래도 그렇게 하면 우리 때문에 산이 금방 깨끗해질 것 같았다. 게다가 공짜로 들어가는 표 한 장씩을 받고 어린아이들처럼 기뻐하며 잠시 동심으로 돌아갈 수도 있었다. 그러나 쓰레기 봉지를 가지고 내려가는 사람은 많지 않았다.

갈 만한 데가 마땅찮은 우리 서민들에겐 산처럼 좋은 데가 없다. 그런데 산이 쓰레기 투성이다. 또 얼마 전에 텔레비전을 보니, 유명한 어느 산도 널린 게 쓰레기였다. 산의 아름다움을 즐기려면, 자기 쓰레기라도 담아 오는 성의는 있어야 한다. 아무데나 쓰레기를 버리는 사람, 깡통을 빨다 휙휙 내던지는 사람, 병으로 바위를 치는 사람, 이런 사람들은 산에 가지 말 일이다.

철마다 서로 다른 아름다움을 드러내던 그 산, 그곳에 못 가 본 지 퍽 오래 되었다. 지금은 어떤 사람들이 모여들고 있을까? 쓰레기는 줄었을까? 멀기는 하지만 한번 가보고도 싶다.

어리석은 인간의 횡포

김규련
수필가 · 포항여고 교장. 1929년 경남 하동 출생. 경북교원연수원장 역임.
1990년 한국수필문학상 수상. 한국문인협회 회원, 수필문우회 동인.
수필집 : 《종교보다 거룩하고 예술보다 아름다운》《소목의 횡설수설》 외.

나무와 풀이 없는 산은 황량한 사막일 수밖에 없다. 그러니 나는 지금 사막 가운데서 살고 있는 꼴이다.

지난해 봄, 포항浦項 근교의 산은 큰 산불로 수목이 거의 다 불타버렸다. 지금은 민둥산이 되어, 볼 때마다 속살이 훤하게 드러난 여인의 몸을 보듯 민망하고 부끄럽고 죄스럽다.

포항에 살면서 내가 누릴 수 있는 큰 분복分福의 하나는, 문득 생각나면 언제든지 즉각 나가 볼 수 있는 바다가 있고 밀림처럼 수목이 빽빽하게 덮인 학산鶴山이 집 곁에 있어 아침 산책을 즐길 수 있다는 것이다.

그런데 이제 그 분복의 반은 잃은 셈이다. 지난해, 산불이 나기 전만 해도 아침 일찍 학산에 오르면 수목의 향기와 산새들의 지저귐과 나뭇가지를 흔들고 들어오는 신선한 바닷바람이 온몸에 부딪쳐 불현듯, 가슴에 찌든 때를 씻어주곤 했다.

학산 정상에 올라 어쩌다 영일만迎日灣의 장엄한 해돋이 광경이라도 보게 되면 마음은 이내 세속을 떠나 광속보다 더 빠른 속도로 대우주 속의 별을 찾아 나선다. 그리고 다음 순간 영원과 무한이란 시공時空의 바다에서 무장무애無障無碍의 기쁨을 잠시 맛보게 된다.

학산의 아침 산책은 지나온 발자취를 되돌아보고, 가야 할 앞날을 헤아려보는 사색과 관조의 길이었다. 뿐만 아니라 허약한 나의 몸에 학산의 송림에서 내어뿜는 기氣는 귀한 보약이 되었으리라.

황무지가 돼버린 학산을 그래도 미련이 남아 어쩌다 올라가 보면 연신 바닷바람이 흙먼지를 몰고 뺨을 친다. 줄지어 꽂혀 있는 어린 묘목들은 바닷바람에 부대끼며 몹시 흔들리고 있다. 언제 저것들이 커서 숲을 이룰 것인가. 한심한 생각부터 앞선다.

산새들은 이미 자취를 감춘 지 오래이고 땅 위에는 아무리 봐도 벌레 한 마리 보이지 않는다. 여기저기 타다 남은 소나무들은 살아있는 것 같지만 이미 빛이 누렇게 바래져 있다.

환멸과 비애와 허탈감이 분노로 끓어오름을 어찌하랴. 이럴 수가 있나. 사람이 무슨 권리로 자연을 이토록 망가뜨려도 된단 말인가. 실화失火라는 핑계로, 개발이라는 명분으로 모든 생명체가 더불어 살아야 할 산과 들과 강과 바다를 닥치는 대로 파괴하고 훼손시켜도 괜찮단 말인가.

본시 이 지구의 주인은 누구인가. 45억 년 전에 지구가 태어나고 30억 년 전에 발생한 1차 돌연변이에 따라 생명체가 출현하고 20억 년 전에 2차 돌연변이가 생기고, 이에 따라 인간이 비로소 태어났다고 하지 않는가. 그렇다면 지구의 주인은 먼저 미생물이어야 하고 그 다음은 온갖 풀과 나무들이어야 한다. 그리고 인간보다 먼저 벌레들과 곤충들과 새들과 물고기들 그리고 여타 동물들에게 주인권主人權이 쥐어져야 하리라. 인간의 주인권은 맨 끝에 조금 달려 있을지 모른다.

사람은 어디서 와서 어디로 가는가. 어쩌다 인간의 전생과, 전생의 전생과 또 전생의 전생을 상상해보고 사후에 돌아갈 곳이 어디인가를 곰곰이 짚어보면 많은 것을 생각케 된다. 모든 미생물과 동·식물과 인간은 하나의 큰 생명체 속에서 잠시 저마다 나타난 한 구성원의 모습이 아닌가. 자기 역할이 끝나면 또 다른 모습으로 바뀌어 나타난다. 이것이 영원히 계속되리라. 지금 어떤 모습으로 존재하든 그 몸체 속에 있는 물질들은 대를 이어 내려오면서 서로 수없이 많이 섞이고 또 섞였으리라.

생각이 이에 이르면 풀 한 포기, 나무 한 그루, 날아다니는

새 한 마리, 꿈틀거리는 한 마리 벌레에도 은근한 외경심을 느끼지 않을 수 없다. 그러니 자연훼손은 곧 우리 자신들의 동기同氣를 괴롭히고 죽이는 살생 중죄殺生重罪가 아닌가. 그런데도 어리석은 인간은 우선 당장의 편리를 위해 오늘도 자연을 함부로 파괴하고 있다. 마침내 인간 자신도 죽음의 나락에 떨어진다는 것을 모르고.

불가佛家에서는 새벽 예불을 할 때 자기가 지은 열 가지 죄를 참회하는 순서가 있다. 그 첫째는 살생 중죄이다. 살생이란 사람이든 짐승이든 식물이든 목숨이 있는 존재를 함부로 죽이는 행위가 아닌가. 단번에 죽이는 것만이 어찌 살생이라 하겠는가. 그 생명이 의지하고 사는 주변 환경을 오염시키고 파괴하고 황폐화시켜서 서서히 죽어가도록 버려두는 것도 살생이 아닌가.

서구 사람들은 인간의 운명은 그 사람의 성격의 표현이라 했다. 진취적이고 적극적이고 정열적이며 창조적이며 능동적이며 미래 지향적인 사람은 대 성취인이 된다고 했다. 맞는 말인지도 모른다. 인생에도 전반전이 있고 후반전이 있다. 전반전에는 서구적인 성격의 소유자가 앞서 성취인이 되는 경우를 많이 보게 된다. 그러나 후반전에 들어가면 아무리 진취적이고 능력 있고 슬기로운 사람도 뜻밖에 당하는 재앙이며 질병이며 참사 앞에서는 어쩔 수 없이 한갓 가을 풀잎과 무엇이 다르랴 실감하게 된다.

사람의 연륜이 종심從心의 경지에 이르면 나름대로 불행의 씨앗을 피할 수 있는 방책을 짐작하게 된다.

어쩌면 그것은 남몰래 꾸준히 행동으로 실천하는 사랑과 적선積善이 아닐까. 사랑과 적선 가운데 최고의 사랑, 최고의 적선은 그것이 사람이든 동물이든 아니면 식물이든 간에 목숨을 구해주는 일이리라.

불가佛家에서는 방생공덕放生功德, 구난공덕救難功德, 월천공덕越川功德, 염불공덕念佛功德을 권장하고 있다. 방생이란 무슨 뜻인가. 역시 모든 생명을 죽음에서 풀어줘서 살리는 일이 아닌가. 개천에 버려진 쓰레기를 깨끗이 치워서 맑은 물이 흘러가도록 하는 것도 물고기에 대한 큰 방생이 되리라.

불타버린 학산鶴山에는 오늘도 먼지바람이 일고 있다. 학산이 옛 모습으로 회생되어 산새들이 찾아올 때 사람은 덤으로 잘사는 날을 맞으리라.

노아의 방주의 교훈

—지나친 개발은 파탄을 몰고 온다

공덕룡
영문학자 · 수필가 · 단국대 명예교수. 1923년 강원도 춘천 출생. 고려대학교 영문과 졸업.
미국 뉴욕주립대 대학원 수료. 단국대학교 교수, 부총장 역임. 한국수필문학진흥회 부회장.
수필집 : 《서울에 고향 없다》《웃음의 묘약》 외.

구약성서 창세기편에 나오는 '노아의 방주'를 실물 크기로 건조하여 서해안에 띄우기로 했다는 보도가 있었다.

이 배의 크기는 길이 136m, 폭 22m, 높이 13m나 되는 거선이다. 20세기도 저물어가는 지금에 와서 방주를 재현하고자 하는 뜻이 무엇인지 얼핏 헤아리기 어렵지만, 어쩌면 세기말적 풍조가 노아 시대의 그것과 엇비슷한 데서 이런 발상이 나온 것이 아닐까 하는 생각을 해본 것이다.

노아 시대의 홍수는 신이 내리신 '물의 심판'이었다. 인류의 조상 아담과 이브를 탄생케 한 이후, 그들 후손은 10대를 내려왔다. 여호와 주님, 바로 당신을 본따 만든 인간인데,

'금단의 열매'를 따먹지 않나, 형이 아우를 죽이지 않나…….
게다가 천사들을 지상에 심부름 보내면, 마을 처녀에게 장가를 가곤 하는 것이다. 그래서 지상에는 '네피리엄'이라고 하는 아비 없는 자식이 수없이 태어나고, 이 자식들은 모두 거인으로 자라 여기저기서 판을 치기 시작한 것이다.

여호와 주님은 더 참을 수가 없었다. 그래서 물의 심판을 내리신 것이다.

하지만 씨를 말릴 수는 없어, 마음이 착하고 믿음이 깊은 노아 가족으로 하여 방주를 언덕 위에 건조하게 하고, 부정타지 않은 들짐승 날짐승 암수 한 쌍씩을 배에 태우게 하였다. 그리고 비를 내리셨다. 물이 뱃바닥까지 불어나자 방주는 뜨고, 배 밖의 일체의 생물은 물에 잠겼다.

그런데 어느 틈엔가, 불청객 한 쌍이 끼여들었다. '허위'라는 이름의 신랑과 '불행'이라는 이름의 신부였다.

61일 동안, 비를 밤낮으로 쏟아부어 온 세상은 물바다가 되었다. 비가 멎자, 노아 가족과 동물 가족은 배에서 내렸다. 땅에 씨를 뿌리고 가축을 키웠다. 풍년이 들면 하늘에 제사지냈고, 흉년이 들어도 하늘을 원망하지 않았다. 하늘에서 천둥이 치거나 땅에 벼락이 떨어져도 신의 노여움이라 생각하고 오직 경외스러워했다.

그런데 앞서 방주에 끼여든 '허위'와 '불행' 부부 사이에서 태어난 후손 가운데 님로드Nimrod라는 자가 있었다. 그는 좀 달랐다.

"지난번 대홍수 때만 해도 그렇지. 아빠 엄마가 새치기해서 배에 탔기에 마련이지, 그렇지 않았더라면 나는 없었어."

하긴 그렇다. 그는 말을 이어,

"우리가 당하고만 있을 게 아니라, 하늘에 닿는 탑을 세우자고……."

바벨Babel 탑은 참으로 어마어마한 것이었다. 100리 사방의 산과 들을 파헤쳐서 골재를 채취하니, 티그리스—유프라테스 강이 삽시간에 범람하였다. 이것이 자연 파괴 제 1호였다.

하늘에서 지켜보고 계시던 여호와 주님은 탑 건설을 중단시키기 위해 급히 손을 썼다. 그들의 언어를 뒤범벅해 놓았던 것이다. 말이 수십 가지로 달라지니 의사 소통이 되지 않아, 결국 공사는 중단하기에 이르렀다.

인간은 인지人智가 발달해감에 따라 자연을 개발하고 이용할 궁리를 하였다. 자연을 개발하면 그만큼 살기 좋은 세상이 되기 때문이다. '자연 정복'이란 말이 유행하였다. 이를테면 에베레스트 산정에 깃발을 꽂고 자연을 정복하였다고 뽐냈다. 남·북 아메리카 대륙의 이음새에 파나마 운하를 뚫어 놓고, 지구를 정복하였다고 떠들어댔다.

하나, '정복'은 극히 미시적인 것이다. 가령 태양의 주위를 자전 · 공전하는 지구의 운동 같은 것, 그런 것에 대해 인간은 무슨 손을 쓸 수 있단 말인가!

산업화로 인해 보다 편리하고 풍요로운 삶을 누리게 됐다. 하나, 그 폐기물로 해서 지구는 몸살을 앓게 되었다. '개발'은 시대의 요청이라며, 서로 앞다투어 해왔는데, 그 결과 생태계의 파괴를 가져왔다. 동식물이 못 사는 곳엔 인간도 살 수 없다는 뻔한 사실을 사람은 왜 모르는 척 하는가.

원자력과 핵의 발명은, 이것을 무기화할 경우 한 지역을 폐허화하고 그 지역 인구를 몰살할 수도 있다.

히로시마의 원자탄 투하가 이제는 지난날의 사건으로 덮어버려지는가 하였더니, 다시 세인의 기억 속에 되살아나고 있다. '그 시기, 그 상황에서 꼭 투하했어야 했나?'

원자력 이용법을 발명한 미국의 오펜하이머 교수는, 자기가 만든 것이 무기화되어 히로시마에 떨어질 줄은 전혀 예측 못했다는 것이다. 후회한들 소용이 없다. 그가 만들지 않았더라도 누군가가 만들었을 것이고, '국가'의 이름으로 투하되었을 것이기 때문이다. 그는 반대 성명을 냈지만, 그것도 소용없는 일이었다. 뒤를 이어 이번에는 나가사키에 떨어졌으니까. 그는 평생 원자무기, 핵무기 제조를 반대하다 한 평생을 마쳤다.

한 히로시마 피폭자의 수기를 한번 떠올려보자. 그의 이름은 모리타키(森瀧) 박사. 그는 '피폭자의 심벌', '원폭 금지 운동의 기둥' 으로 불리워지는 인물이다.

바로 그 날(8월 6일) 아침, 그는 히로시마 고등사범학교 학생 100명을 인솔하고 미츠비시 조선소에 동원되었던 것이다. 폭심지에서 4㎞ 떨어진 지점에 있었다. 정확히 오전 8시 20분이었다.

"마그네슘 같은 섬광이 번쩍하더니 폭풍으로 산산 조각이 난 유리 파편이 오른쪽 눈에 꽂혔다. 남은 왼쪽 눈을 손가락으로 비비고 떠봤다. 눈에 비친 것은 염천鹽泉 밑의 포도鋪道 위에 엎드린 시체라고 보았는데, 그 시체가 꿈틀한다. 메이지 바시(明治橋) 다릿목에는 검게 그을린 시체가 널려 있었다. 한 30, 50……. 그는 후일 이렇게 심중을 털어놓았다. "원폭을 낳은 '힘의 문명' 은 인류의 불행에 이어진다. 사람이 사람을 애처로워하는 '사랑의 문명' 쪽으로 방향을 바꾸어야 한다"고. 희생자는 줄잡아 20수만 명이다.

전후, 몇몇 나라의 원자력 개발과 이용이 자원 부족의 지구에 도움을 주기도 하였다. 핵 개발에서 생산된 플루토늄이 무기화 되지 않는 한, 이것도 이용 가치가 높을 것이다. 하지만 한 독재자의 성급한 판단이 지구의 일부를 파멸로 몰고 갈 수도 있다.

미국의 강경한 환경론자인 부통령 앨 고어의 저서 《위기의 지구Earth in the Balance》가 세인의 관심을 끌고 있다. 때가 때인 만큼 그렇기도 할 것이다. 고어는 "지구를 단지 자원의 덩

어리로만 보고, 더 이상의 본질적 가치가 있는 그 무엇으로 생각하지 않는 태도가 문제의 근원이다"고 한다. 이 생각은 동양의 전통적 자연관과 맥이 통한다. 개발의 대상으로만 삼을 게 아니라, 자연 자체를 '존재'로 인식하는 견해이다. 자연을 '소유'의 대상으로 삼는 한 개발은 계속되고, 그 결과, 지구의 온난화, 생태계의 파괴 등이 서서히 현실화 될 것이다.

그 옛날, 인간들의 타락에 종지부를 찍기 위해 홍수를 내렸다지만, 오늘날은 사람이 만든 '문명'이 인류에게 화를 미칠 수도 있을 것이다.

병든 바다

윤형두

수필가. 1935년 일본 고베[神戶] 출생. 동국대 법학과, 고려대 경영대학원,
중앙대 신문방송대학원 졸업. 월간 《신세계》 《다리》 주간. 한국도서유통협의회 회장 역임.
현재 한국출판학회 회장, 종합출판 범우사 대표, 중앙대 신문방송대학원 객원교수.
국제 펜클럽 한국본부 회원, 수필문우회 동인.
저서 : 《출판물 유통론》 수필집 : 《넓고 넓은 바닷가에》 《책의 길 나의 길》 외.

한 바가지 푹 퍼 마시고 싶은 바다. 파래가 나풀거리는 밑창에는 깨끗한 자갈이 깔려 있다. 잔잔한 파도가 일면 수많은 포말泡沫이 밀려갔다 밀려온다.

옷을 훌렁 벗고 툼벙 뛰어든다. 수영에 익숙한 해동海童은 자맥질을 해야 성이 풀린다. 물구나무를 서듯이 다리를 쭉 뻗고 해심海深을 향하여 팔다리를 놀린다. 팔은 양손을 앞으로 쭉 내밀었다가 나비처럼 원을 그리고 발은 오리처럼 장구를 친다.

얼마쯤 가면 해저海低에 닿는다. 그곳엔 소름이 돋을 만큼 고요가 깔려 있다. 해초海草들이 숨소리 없이 해면海面을 향하

여 하늘거리고 있다. 청각青角은 자홍색 빛깔에 사슴 뿔 모양으로 주먹만한 돌에 정교하게 붙어 있다. 좀 깊은 곳에 자리잡은 미역은 흑갈색의 혓바닥을 날름거리며 해동의 숨결을 가쁘게 한다. 미역 한 폭을 캐오는 날이면 저녁상이 푸짐하다. 식초와 깨소금을 넣어 무치기도 하고 조개를 넣어 국을 끓이기도 한다. 나는 바다의 그 신선한 해조海藻와 패류貝類와 생선을 먹으며 자랐다. 바다는 또한 나의 곡창穀倉이며 구멍가게이기도 했다. 썰물이 밀려나면 긴 모래사장 밑으로 개펄이 나타난다. 호미를 들고 개펄을 파면 조개가 나오고 낙지도 잡히며, 운이 좋은 날은 개불도 잡힌다. 황갈색에 원통상圓筒狀으로 생긴 개불은 익히지 않고도 먹을 수 있으며 짜릿하고도 달착지근한 맛은 천하일미다.

간조干潮가 심하지 않은 날은 뒷논에 가서 미꾸라지나 논새우를 잡아 가지고 아침부터 낚시질을 떠난다. 바위 틈이 많은 곳에서는 미꾸라지 먹이로 노래미를 낚고, 바다 바닥에 자갈이 많이 깔린 곳에서는 새우를 미끼로 볼락을 낚는다.

이렇게 나는 바다와 더불어 어린 시절을 보냈다. 그런데 그 검푸르고 맑은 동심童心의 바다를 잊고 살아온 지도 꽤 오랜 세월이 흘렀다.

지난 가을 부산에서 도서전시회圖書展示會가 열려 바쁜 틈을 내서 부산으로 내려갔다. 참으로 바다가 보고 싶었다. 20년 전 군대생활을 하면서 잠깐이지만 정이 들었던 그 부산의 바다가 불현듯 보고 싶어졌다.

태종대太宗臺의 기암절벽과 그 밑으로 깔려 있는 티없이 푸르른 물빛도 보고 싶었다. 영도 다리의 오르내림과 그 아래로 흰 돛단배가 오가는 그림 같은 풍경도 보고 싶었다. 자갈치 시장이 있는 부둣가에 떼지어 달려들던 갈매기들도 보고 싶었다.

고향인 여수로 떠나는 연락선의 고동 소리도 듣고 싶었다. 그러나 내가 그리던 그 항구와 그 바다가 아니었다.

나는 부산탑 위에 올라 모든 것이 시들어가고 있는 병든 바다를 보았다. 범선帆船과 전마선傳馬船이 쫓겨가버린 바다를 보았다. 어릴 때 갈바람에 돛깃을 날리며 세차게 달리던 '우다시배' 도 보이지 않는다. 우람한 유조선의 매연 사이로 비치는 희미한 산과 오륙도의 형태만이 지난날의 바다와 섬들의 전설을 이야기해줄 뿐이었다.

기름 덮인 해변 위로 모이를 찾아드는 한 마리의 갈매기마저도 보이지 않는 바다. 뚝딱 소리와 고동 소리의 여음餘音도 사라지고 탱크가 지축을 울리며 굴러가는 것 같은 전율의 소리가 온 항구를 뒤덮어버린 바다. 질피[海草] 껍질이 해변으로 밀려오고, 물밀과 파도에 섞여 정어리가 모래사장에 뒹굴며 허연 배를 드러내놓던 그런 해변을 이제는 찾아볼 수 없을 것 같다.

바닷가에 널려 있던 고운 모래들도 도시로 운반되어 크나큰 빌딩으로 변해가고, 현대인은 비릿한 갯내음의 향수도 잊은 채 그 건물의 층계참에 멋없는 발자국을 남기며 살아간다.

여수로 떠나는 연락선이 콘크리트로 굳혀져버린 영도 다리 밑으로 고동 소리도 잊은 채 오염된 물결을 가르며 소리 없이 지나간다.

그 정겨운 유행가의 가사에서처럼 난간에 기대어 손수건을 흔들어 주던 여인의 모습도 사라져버린 선창船艙에서 나는 아름다운 과거를 빼앗겨버린 것 같은 허탈감에 젖었다.

넓고 푸른 꿈을 키워주던 바다. 너와 내가 뒹굴던 바다. 한없이 너그럽게 포용해주던 바다. 그렇게도 티없이 순수하던 바다. 이제 그 바다는 예전의 바다가 아니다. 모든 것을 빼앗겨버린 황량荒凉한 벌판. 그러나 나는 그 요람搖籃의 바다를 영원히 버릴 수는 없을 것이다.

환경 에세이—병든 바다 병든 지구

2005년 10월 15일 초판 1쇄 발행

지은이 김 지 하(외)
펴낸이 윤 형 두
펴낸데 범 우 사

등 록 1966. 8. 3 제 406-2003-048호
413-756 경기도 파주시 교하읍 문발리 525-2
대 표 (031)955-6900~4/Fax (031)955-6905

* 책값은 뒤표지에 있습니다
* 파본은 교환해 드립니다.

교정·편집/김영석·장웅진·왕지현

ISBN 89-08-03327-0 04810
89-08-03202-9 (세트)

(홈페이지) http://www.bumwoosa.co.kr
(E-mail) bumwoosa@chol.com

70 근원수필 김용준
71 이방인 A.카뮈/이정림
72 롱펠로 시집 H.롱펠로/윤삼하
73 명사십리 한용운
74 왼손잡이 여인 P.한트케/홍경호
75 시민의 반항 H.소로/황문수
76 민중조선사 전석담
77 동문서답 조지훈
78 프로타고라스 플라톤/최현
79 표본실의 청개구리 염상섭
80 문주반생기 양주동
81 신조선혁명론 박열/서석연
82 조선과 예술 야나기 무네요시/박재삼
83 중국혁명론 모택동(외)/박광종 엮음
84 탈출기 최서해
85 바보네 가게 박연구
86 도왜실기 김구/엄항섭 엮음
87 슬픔이여 안녕 F.사강/이정림·방곤
88 공산당 선언 K.마르크스·F.엥겔스/서석연
89 조선문학사 이명선
90 권태 이상
91 내 마음속의 그들 한승헌
92 노동자강령 F.라살레/서석연
93 장씨 일가 유주현
94 백설부 김진섭
95 에코스파즘 A.토플러/김진욱
96 가난한 농민에게 바란다 N.레닌/이정일
97 고리키 단편선 M.고리키/김영국
98 러시아의 조선침략사 송정환
99 기재기이 신광한/박헌순
100 홍경래전 이명선
101 인간만사 새옹지마 리영희
102 청춘을 불사르고 김일엽
103 모범경작생(외) 박영준
104 방망이 깎던 노인 윤오영
105 찰스 램 수필선 C.램/양병석
106 구도자 고은
107 표해록 장한철/정병욱
108 월광곡 홍난파
109 무서록 이태준
110 나생문(외) 아쿠타가와 류노스케/진웅기
111 해변의 시 김동석
112 발자크와 스탕달의 예술논쟁 김진욱
113 파한집 이인로/이상보
114 역사소품 곽말약/김승일
115 체스·아내의 불안 S.츠바이크/오영옥
116 복덕방 이태준
117 실천론(외) 모택동/김승일
118 순오지 홍만종/전규태
119 직업으로서의 학문·정치 M.베버/김진욱(외)
120 요재지이 포송령/진기환
121 한설야 단편선 한설야
122 쇼펜하우어 수상록 쇼펜하우어/최혁순
123 유태인의 성공법 M.토케이어/진웅기
124 레디메이드 인생 채만식
125 인물 삼국지 모리야 히로시/김승일
126 한글 명심보감 장기근 옮김
127 조선문화사서설 모리스 쿠랑/김수경
128 역옹패설 이제현/이상보
129 문장강화 이태준
130 중용·대학 차주환
131 조선미술사연구 윤희순
132 옥중기 오스카 와일드/임헌영
133 유태인식 돈벌이 후지다 덴/지방훈
134 가난한 날의 행복 김소운
135 세계의 기적 박광순
136 이퇴계의 활인심방 정숙
137 카네기 처세술 데일 카네기/전민식
138 요로원야화기 김승일
139 푸슈킨 산문 소설집 푸슈킨/김영국
140 삼국지의 지혜 황의백
141 슬견설 이규보/장덕순
142 보리 한흑구
143 에머슨 수상록 에머슨/윤삼하
144 이사도라 덩컨의 무용에세이 I.덩컨/최혁순
145 북학의 박제가/김승일
146 두뇌혁명 T.R.블랙슬리/최현
147 베이컨 수상록 베이컨/최혁순
148 동백꽃 김유정
149 하루 24시간 어떻게 살 것인가 A.베넷/이은순
150 평민한문학사 허경진
151 정선아리랑 김병하·김연갑 공편
152 독서요법 황의백 엮음
153 나는 왜 기독교인이 아닌가 B.러셀/이재황
154 조선사 연구(草) 신채호
155 중국의 신화 장기근
156 무병장생 건강법 배기성 엮음
157 조선위인전 신채호
158 정감록비결 편집부 엮음
159 유태인 상술 후지다 덴/진웅기
160 동물농장 조지 오웰/김회진
161 신록 예찬 이양하
162 진도 아리랑 박병훈·김연갑
163 책이 좋아 책하고 사네 윤형두
164 속담에세이 박연구
165 중국의 신화(후편) 장기근
166 중국인의 에로스 장기근
167 귀여운 여인(외) A.체호프/박형규
168 아리스토파네스 희곡선 아리스토파네스/최현
169 세네카 희곡선 테렌티우스/최 현
170 테렌티우스 희곡선 세네카/최 현
171 외투·코 고골리/김영국
172 카르멘 메리메/김진욱
173 방법서설 데카르트/김진욱
174 페이터의 산문 페이터/이성호
175 이해사회학의 카테고리 막스 베버/김진욱
176 러셀의 수상록 러셀/이성규
177 속악유희 최영년/황순구
178 권리를 위한 투쟁 R. 예링/심윤종
179 돌과의 문답 이규보/장덕순
180 성황당(외) 정비석
181 양쯔강(외) 펄 벅/김병걸
182 봄의 수상(외) 조지 기싱/이창배
183 아미엘 일기 아미엘/민희식
184 예언자의 집에서 토마스 만/박환덕
185 모자철학 가드너/이창배
186 짝 잃은 거위를 곡하노라 오상순
187 무하선생 방랑기 김상용
188 어느 시인의 고백 릴케/송영택
189 한국의 멋 윤태림
190 자연과 인생 도쿠토미 로카/진웅기
191 태양의 계절 이시하라 신타로/고평국
192 애서광 이야기 구스타브 플로베르/이민정
193 명심보감의 명구 191 이응백
194 아큐정전 루쉰/허세욱
195 촛불 신석정
196 인간제대 추식
197 고향산수 마해송
198 아랑의 정조 박종화
199 지사총 조선작
200 홍동백서 이어령
201 유령의 집 최인호
202 목련초 오정희
203 친구 송영
204 쫓겨난 아담 유치환
205 카마수트라 바스야야나/송미영
206 한 가닥 공상 밀른/공덕룡
207 사랑의 샘가에서 우치무라 간조/최현 206
208 황무지 공원에서 유달영
209 산정무한 정비석
210 조선해학 어수록 장한종
211 조선해학 파수록 부묵자
212 용재총화 성현